LES TROIS MOUSQUETAIRES.

PARIS. IMPRIMÉ PAR BÉTHUNE ET PLON,

RUE DE VAUGIRARD, 36.

LES TROIS
MOUSQUETAIRES.

PAR

ALEXANDRE DUMAS.

V.

PARIS.
BAUDRY, LIBRAIRE-ÉDITEUR,
34, RUE COQUILLIÈRE ;
ET RUE DE LA CHAUSSÉE-D'ANTIN, 22.

M DCCC XLIV.

[illegible]

[illegible]

[illegible]

[illegible]

[illegible]

[illegible]

[illegible]

[illegible]

LES TROIS

MOUSQUETAIRES.

CHAPITRE PREMIER.

UNE VISION TERRIBLE.

Le cardinal appuya son coude sur son manuscrit, sa joue sur sa main, et regarda un instant le jeune homme. Nul n'avait l'œil plus profondément scrutateur que le cardinal de Richelieu, et d'Artagnan sentit ce regard courir par ses veines comme une fièvre.

Cependant il fit bonne contenance, tenant son feutre à la main, et attendant le bon plaisir de Son Éminence, sans trop d'orgueil mais aussi sans trop d'humilité.

— Monsieur, lui dit le cardinal, êtes-vous un d'Artagnan du Béarn?

— Oui, monseigneur, répondit le jeune homme.

— Il y a plusieurs branches de d'Artagnan à Tarbes et dans les environs, dit le cardinal; à laquelle appartenez-vous?

— Je suis le fils de celui qui a fait les guerres de religion avec le grand roi Henri, père de Sa Gracieuse Majesté.

— C'est bien cela. C'est vous qui êtes parti il y a sept à huit mois, à peu près, de votre pays pour venir chercher fortune dans la capitale.

— Oui, monseigneur.

— Vous êtes venu par Meung, où il vous est arrivé quelque chose, je ne sais plus trop quoi, mais enfin quelque chose.

— Monseigneur, dit d'Artagnan, voici ce qui m'est arrivé...

— Inutile, inutile, reprit le cardinal avec un sourire qui indiquait qu'il connaissait l'histoire aussi bien que celui qui voulait la lui raconter; vous étiez recommandé à M. de Tréville, n'est-ce pas?

— Oui, monseigneur; mais justement, dans cette malheureuse affaire de Meung...

— La lettre avait été perdue, reprit l'Éminence; oui, je sais cela, mais M. de Tréville est un habile physionomiste qui connaît les hommes à la première vue, et il vous a placé dans la compagnie de son beau-frère, M. des Essarts, en vous laissant espérer qu'un jour ou l'autre vous entreriez dans les mousquetaires.

— Monseigneur est parfaitement renseigné, dit d'Artagnan.

— Depuis ce temps-là il vous est arrivé bien des choses : vous vous êtes promené derrière les Chartreux, un jour qu'il eût mieux valu que vous fussiez ailleurs; puis vous avez fait avec vos amis un voyage aux eaux de Forges; eux se sont arrêtés en route, mais vous, vous avez continué votre chemin. C'est tout simple, vous aviez des affaires en Angleterre.

— Monseigneur, dit d'Artagnan tout interdit, j'allais...

— A la chasse, à Windsor, ou ailleurs, cela ne regarde personne. Je sais cela, moi, parce que mon état est de tout savoir. A votre retour vous avez été reçu par une auguste personne, et je vois avec plaisir que vous avez conservé le souvenir qu'elle vous a donné.

D'Artagnan porta la main au diamant qu'il tenait de la reine et en tourna vivement le chaton en dedans, mais il était trop tard.

— Le lendemain de ce jour, vous avez reçu la visite de Cavois, reprit le cardinal: il allait vous prier de passer au palais; cette visite, vous ne la lui avez pas rendue et vous avez eu tort.

— Monseigneur, je craignais d'avoir encouru la disgrâce de Votre Éminence.

— Eh! pourquoi cela, monsieur! pour avoir suivi les ordres de vos supérieurs avec plus d'intelligence et de courage que ne l'eût fait un autre, encourir ma disgrâce quand vous méritiez des éloges! Ce sont les gens qui n'obéissent pas que je punis et non pas ceux qui, comme vous, obéissent... trop bien... Et, la preuve, rappelez-vous la date du jour où je vous avais fait dire de me venir voir, et cherchez dans votre mémoire ce qui est arrivé le soir même.

C'était le soir même qu'avait eu lieu l'enlèvement de madame Bonacieux. D'Artagnan frissonna; et il se rappela qu'une demi-heure auparavant la pauvre femme était passée près de lui, sans doute encore emportée par la même puissance qui l'avait fait disparaître.

— Enfin, continua le cardinal, comme je n'entendais pas parler de vous depuis quelque temps, j'ai voulu savoir ce que vous faisiez. D'ailleurs vous me devez bien quelque remercîment, vous avez remarqué vous-même combien vous avez été ménagé dans toutes les circonstances.

D'Artagnan s'inclina avec respect.

— Cela, continua le cardinal, partait non-seulement d'un sentiment d'équité naturelle, mais encore d'un plan que je m'étais tracé à votre égard.

D'Artagnan était de plus en plus étonné.

— Je voulais vous exposer ce plan le jour où vous reçûtes ma première invitation; mais vous n'êtes pas venu. Heureusement rien n'est perdu pour ce retard, et aujourd'hui vous allez l'entendre. Asseyez-vous là, devant moi, monsieur d'Artagnan; vous êtes assez bon gentilhomme pour ne pas écouter debout.

Et le cardinal indiqua du doigt une chaise au jeune homme, qui était si étonné de ce qui se passait que pour obéir il attendit un second signe de son interlocuteur.

— Vous êtes brave, monsieur d'Artagnan, continua l'Éminence; vous êtes prudent, ce qui vaut mieux. J'aime les hommes de tête et de cœur, moi; ne vous effrayez pas, dit-il en souriant, par les hommes de cœur j'entends les hommes de courage; mais, tout jeune que vous êtes et à peine entrant dans le monde, vous avez des ennemis puissants, si vous n'y prenez garde ils vous perdront!

— Hélas, monseigneur, répondit le jeune homme, bien facilement sans doute, car ils sont forts et bien appuyés, tandis que moi je suis seul!

— Oui, c'est vrai; mais, tout seul que vous êtes, vous avez déjà fait beaucoup et vous ferez encore plus, je n'en doute pas. Cependant vous avez, je le crois, besoin d'être guidé dans l'aventureuse carrière que vous avez entreprise; car, si je ne me trompe, vous êtes venu à Paris avec l'ambitieuse idée de faire fortune.

— Je suis dans l'âge des folles espérances, monseigneur, dit d'Artagnan.

— Il n'y a de folles espérances que pour les sots, monsieur, et vous êtes homme d'esprit. Voyons, que diriez-vous d'une enseigne dans mes gardes et d'une compagnie après la campagne?

— Ah, monseigneur!

— Vous acceptez, n'est-ce pas?

— Monseigneur, reprit d'Artagnan d'un air embarrassé.

— Comment, vous refusez? s'écria le cardinal avec étonnement.

— Je suis dans les gardes de Sa Majesté, monseigneur, et je n'ai point de raisons d'être mécontent.

— Mais il me semble, dit l'Éminence, que mes gardes à moi sont aussi les gardes de Sa Majesté, et que pourvu qu'on serve dans un corps français on sert le roi.

— Monseigneur, Votre Éminence a mal compris mes paroles.

— Vous voulez un prétexte, n'est-ce pas? Je comprends. Eh bien! ce prétexte, vous l'avez. L'avancement, la campagne qui s'ouvre, l'occasion que je vous offre, voilà pour le monde; pour vous, le besoin de protections sûres : car il est bon que vous sachiez, monsieur d'Artagnan, que j'ai reçu des plaintes graves contre vous, vous ne consacrez pas exclusivement vos jours et vos nuits au service du roi.

D'Artagnan rougit.

— Au reste, continua le cardinal en posant la main sur une liasse de papiers, j'ai là tout un dossier qui vous concerne, mais avant de le lire j'ai voulu causer avec vous. Je vous sais homme de résolution, et vos services bien dirigés, au lieu de vous mener à mal, pourraient vous rapporter beaucoup. Allons, réfléchissez et décidez-vous.

— Votre bonté me confond, monseigneur, répondit d'Artagnan, et je reconnais dans Votre Éminence une grandeur d'âme qui me fait petit comme un ver de terre; mais enfin, puisque monseigneur me permet de lui parler franchement...

D'Artagnan s'arrêta.

— Oui, parlez.

— Eh bien! je dirai à Votre Éminence que tous mes amis sont aux mousquetaires et aux gardes du roi, et que mes ennemis, par une fatalité inconcevable, sont à Votre Éminence; je serais donc mal venu ici et mal regardé là-bas si j'acceptais ce que m'offre monseigneur.

— Auriez-vous déjà cette orgueilleuse idée que je ne vous offre pas ce que vous valez, monsieur? dit le cardinal avec un sourire de dédain.

—Monseigneur, Votre Éminence est cent fois trop bonne pour moi, et au contraire je pense n'avoir point encore fait assez pour être digne de ses bontés. Le siége de La Rochelle va s'ouvrir, monseigneur, je servirai sous les yeux de Votre Éminence, et si j'ai eu le bonheur de me conduire à ce siége de telle façon que je mérite d'attirer ses regards, eh bien! après j'aurai au moins derrière moi quelque action d'éclat pour justifier la protection dont elle voudra bien m'honorer. Toute chose doit se faire à son temps, monseigneur; peut être plus tard aurai-je le droit de me donner, à cette heure j'aurais l'air de me vendre.

— C'est-à-dire que vous refusez de me servir, monsieur, dit le cardinal avec un ton de dépit dans lequel perçait cependant une sorte d'estime; demeurez donc libre et gardez vos haines et vos sympathies.

— Monseigneur....

— Bien, bien, dit le cardinal, je ne vous en veux pas; mais vous comprenez, on a assez de défendre ses amis et de les récompenser, on ne doit rien à ses ennemis, et cependant je vous donnerai un conseil: tenez-vous bien, monsieur d'Artagnan, car du moment que j'aurai retiré ma main de dessus vous je n'achèterais pas votre vie une obole.

— J'y tâcherai, monseigneur, répondit le Gascon avec une noble assurance.

—Songez plus tard, et à un certain moment s'il vous arrive malheur, dit Richelieu avec intention, que c'est moi qui ai été vous chercher et que j'ai fait ce que j'ai pu pour que ce malheur ne vous arrivât pas.

— J'aurai, quoi qu'il arrive, dit d'Artagnan en mettant la main sur sa poitrine et en s'inclinant, une éternelle reconnaissance à Votre Éminence de ce qu'elle fait pour moi en ce moment.

— Eh bien donc ! comme vous l'avez dit, monsieur d'Artagnan, nous nous reverrons après la campagne; je vous suivrai des yeux, car je serai là-bas, reprit le cardinal en montrant du doigt à d'Artagnan une magnifique armure qu'il devait endosser, et à notre retour, eh bien! nous compterons!

— Ah monseigneur! s'écria d'Artagnan, épargnez-moi le poids de votre disgrâce; restez neutre, monseigneur, si vous trouvez que j'agis en galant homme.

— Jeune homme, dit Richelieu, si je puis vous dire encore une fois ce que je vous ai dit aujourd'hui, je vous promets de vous le dire.

Cette dernière parole de Richelieu exprimait un doute terrible; elle consterna d'Artagnan plus que n'eût fait une menace, car c'était un avertissement. Le cardinal cherchait donc à le préserver de quelque malheur qui le menaçait. Il ouvrit la bouche pour répondre, mais d'un geste hautain le cardinal le congédia.

D'Artagnan sortit; mais à la porte le cœur fut prêt à lui manquer, et peu s'en fallut qu'il ne rentrât. Cependant la figure grave et sévère d'Athos lui apparut : s'il faisait avec le cardinal le pacte que celui-ci lui proposait, Athos ne lui donnerait plus la main, Athos le renierait.

Ce fut cette crainte qui le retint, tant est puissante l'influence d'un caractère vraiment grand sur tout ce qui l'entoure.

D'Artagnan descendit par le même escalier qu'il était entré et trouva devant la porte Athos et les quatre mousquetaires qui attendaient son retour et qui commençaient à s'inquiéter. D'un mot d'Artagnan les rassura, et Planchet courut prévenir les autres postes qu'il était inutile de monter une plus longue garde, attendu que son maître était sorti sain et sauf du Palais-Cardinal.

Rentrés chez Athos, Aramis et Porthos s'informèrent des causes de cet étrange rendez-vous; mais d'Artagnan se contenta de leur dire que M. de Richelieu l'avait fait venir pour lui proposer d'entrer dans ses gardes avec le grade d'enseigne, et qu'il avait refusé.

— Et vous avez eu raison, s'écrièrent d'une seule voix Porthos et Aramis.

Athos tomba dans une profonde rêverie et ne répondit rien. Mais lorsqu'ils furent seuls :

— Vous avez fait ce que vous deviez faire, d'Artagnan, dit Athos, mais peut-être avez vous eu tort.

D'Artagnan poussa un soupir ; car cette voix répondait à une voix secrète de son âme, qui lui disait que de grands malheurs l'attendaient.

La journée du lendemain se passa en préparatifs de départ ; d'Artagnan alla faire ses adieux à M. de Tréville. A cette heure on croyait encore que la séparation des gardes et des mousquetaires serait momentanée; le roi tenant son parlement le jour même, et devant partir le lendemain. M. de Tréville se contenta donc de demander à d'Artagnan s'il avait besoin de lui, mais d'Artagnan répondit fièrement qu'il avait tout ce qu'il lui fallait.

La nuit réunit tous les camarades de la compagnie des gardes de M. des Essarts et de la compagnie des mousquetaires de M. de Tréville, qui avaient fait amitié ensemble. On se quittait pour se revoir quand il plairait à Dieu et s'il plaisait à Dieu. La nuit fut donc des plus bruyantes, comme on peut le penser ; car, en pareil cas, on ne peut combattre l'extrême préoccupation que par l'extrême insouciance.

Le lendemain, au premier son des trompettes, les amis se quittèrent; les mousquetaires coururent à l'hôtel de M. de Tréville, les gardes à celui de M. des Essarts. Chacun des capitaines conduisit aussitôt sa compagnie au Louvre, où le roi passait sa revue.

Le roi était triste et paraissait malade, ce qui lui ôtait un peu de sa haute mine. En effet, la veille la fièvre l'avait pris au milieu du parlement et tandis qu'il tenait son lit de justice. Il n'en était pas moins décidé à partir le soir même; et malgré les observations qu'on lui avait faites il avait voulu passer sa revue, espérant, par le premier coup de vigueur, vaincre la maladie qui commençait à s'emparer de lui.

La revue passée, les gardes se mirent seuls en marche, les mousquetaires ne devant partir qu'avec le roi, ce qui permit à Porthos d'aller faire, dans son superbe équipage, un tour dans la rue aux Ours.

La procureuse le vit passer dans son uniforme neuf et sur son beau cheval. Elle aimait trop Porthos pour le laisser partir ainsi; elle lui fit signe de descendre, et de venir auprès d'elle. Porthos était magnifique; ses éperons résonnaient, sa cuirasse brillait, son épée lui battait fièrement les jambes. Cette fois les clercs n'eurent aucune envie de rire, tant Porthos avait l'air d'un coupeur d'oreilles.

Le mousquetaire fut introduit près de M. Coquenard, dont le petit œil gris brilla de colère en voyant son cousin tout flambant neuf; cependant une chose le consola intérieurement, c'est qu'on disait partout que la campagne serait rude : il espérait tout doucement au fond du cœur que Porthos serait tué pendant la campagne.

Porthos présenta ses compliments à maître Coquenard et lui fit ses adieux ; maître Coquenard lui souhaita toutes sortes de prospérités. Quant à madame Coquenard, elle ne pouvait retenir ses larmes ; mais on ne tira aucune mauvaise conséquence de sa douleur : on la savait fort attachée à ses parents, pour lesquels elle avait toujours eu de cruelles disputes avec son mari.

Mais les véritables adieux se firent dans la chambre de madame Coquenard, ils furent déchirants.

Tant que la procureuse put suivre des

yeux son amant, elle agita un mouchoir en se penchant hors de la fenêtre, à croire qu'elle voulait se précipiter. Porthos reçut toutes ces marques en homme habitué à de pareilles démonstrations. Seulement, en tournant le coin de la rue il souleva son feutre et l'agita en signe d'adieu.

De son côté, Aramis écrivait une longue lettre. A qui? Personne n'en savait rien. Dans la chambre voisine, Ketty, qui devait partir le soir même pour Tours, attendait.

Athos buvait à petits coups la dernière bouteille de son vin d'Espagne.

Pendant ce temps, d'Artagnan défilait avec sa compagnie. En arrivant au faubourg Saint-Antoine, il se retourna pour regarder gaiement la Bastille; mais, comme c'était la Bastille seulement qu'il regardait, il ne vit point milady, qui, montée sur un cheval isabelle, le désignait du doigt à deux hommes d'une mauvaise mine qui s'approchèrent aussitôt des rangs pour le reconnaître. Sur une interrogation qu'ils firent du regard, milady répondit par un signe que c'était bien lui. Puis, certaine qu'il ne pouvait plus y avoir de méprise dans l'exécution de ses ordres, elle piqua son cheval et disparut.

Les deux hommes suivirent alors la compagnie, et, à la sortie du faubourg Saint-Antoine, montèrent sur des chevaux tout préparés qu'un domestique sans livrée tenait en main en les attendant.

CHAPITRE II.

LE SIÉGE DE LA ROCHELLE.

Le siége de La Rochelle fut un des grands événements politiques du règne de Louis XIII, et une des grandes entreprises militaires du cardinal. Il est donc intéressant, et même nécessaire, que nous en disions quelques mots, plusieurs détails de ce siége se liant d'ailleurs d'une manière trop importante à l'histoire que nous avons entrepris de raconter pour que nous les passions sous silence.

Les vues politiques du cardinal, lorsqu'il entreprit ce siége, étaient considérables. Exposons-les d'abord, puis nous passerons aux vues particulières qui n'eurent peut-être pas sur Son Éminence moins d'influence que les premières.

Des villes importantes données par Henri IV aux huguenots comme places de sûreté, il ne restait plus que La Rochelle. Il s'agissait donc de détruire ce dernier boulevard du calvinisme; levain dangereux, auquel se venaient incessamment mêler des ferments de révolte civile ou de guerre étrangère.

Espagnols, Anglais, Italiens mécontents, aventuriers de toute nation, soldats de fortune de toute secte accouraient au premier appel sous les drapeaux des protestants et s'organisaient comme une vaste association dont les branches divergeaient à loisir sur tous les points de l'Europe.

La Rochelle, qui avait pris une nouvelle importance de la ruine des autres villes calvinistes, était donc le foyer des dissensions et des ambitions. Il y avait plus, son port était la dernière porte ouverte aux Anglais dans le royaume de France; et en la fermant à l'Angleterre, notre éternelle ennemie, le cardinal achevait l'œuvre de Jeanne d'Arc et du duc de Guise.

Aussi, Bassompierre, qui était à la fois

protestant et catholique, protestant de conviction et catholique comme commandeur du Saint-Esprit; Bassompierre, qui était Allemand de naissance et Français de cœur; Bassompierre, enfin, qui avait un commandement particulier au siége de La Rochelle, disait-il en chargeant à la tête de plusieurs autres seigneurs protestants comme lui :

— Vous verrez, messieurs, que nous serons assez bêtes pour prendre La Rochelle!

Et Bassompierre avait raison : la canonnade de l'île de Ré lui présageait les dragonnades des Cévennes; la prise de La Rochelle était la préface de l'édit de Nantes.

Mais, nous l'avons dit, à côté de ces vues du ministre niveleur et simplificateur, et qui appartiennent à l'histoire, le chroniqueur est bien forcé de reconnaître les petites visées de l'homme amoureux et du rival jaloux.

Richelieu, comme chacun sait, avait été amoureux de la reine : cet amour avait-il chez lui un simple but politique ou était-ce tout naturellement une de ces profondes passions comme en inspira Anne d'Autriche à ceux qui l'entouraient; c'est ce que nous ne saurions-dire; mais en tout cas on a vu, par les développements antérieurs de cette histoire, que Buckingham l'avait emporté sur lui, et dans deux ou trois circonstances et particulièrement dans celle des ferrets, l'avait, grâce au dévouement des trois mousquetaires et au courage de d'Artagnan, cruellement mystifié.

Il s'agissait donc, pour Richelieu, non-seulement de débarrasser la France d'un ennemi, mais de se venger d'un rival; au reste la vengeance devait être grande et éclatante, et digne en tout d'un homme qui tient dans sa main, pour épée de combat, les forces de tout un royaume.

Richelieu savait qu'en combattant l'Angleterre il combattait Buckingham, qu'en triomphant de l'Angleterre il triomphait de Buckingham, enfin qu'en humiliant l'Angleterre aux yeux de l'Europe il humiliait Buckingham aux yeux de la reine.

De son côté, Buckingham, tout en mettant en avant l'honneur de l'Angleterre, était mû par des intérêts absolument semblables à ceux du cardinal; Buckingham aussi poursuivait une vengeance particulière : sous aucun prétexte, Buckingham n'avait pu rentrer en France comme ambassadeur; il voulait y rentrer comme conquérant.

Il en résulta que le véritable enjeu de cette partie, que les deux plus puissants royaumes jouaient pour le bon plaisir de deux hommes amoureux, était un simple regard d'Anne d'Autriche.

Le premier avantage avait été au duc de Buckingham : arrivé inopinément en vue de l'île de Ré avec quatre-vingt-dix vaisseaux et vingt mille hommes à peu près, il avait surpris le comte de Toirac, qui commandait pour le roi dans l'île; il avait, après un combat sanglant, opéré son débarquement.

Relatons en passant que dans ce combat avait péri le baron de Chantal ; le baron de Chantal laissait orpheline une petite fille de dix-huit mois.

Cette petite fille fut depuis madame de Sévigné.

Le comte de Toirac se retira dans la citadelle Saint-Martin avec la garnison, et jeta une centaine d'hommes dans un petit fort qu'on appelait le fort de La Prée.

Cet événement avait hâté les résolutions du cardinal ; et en attendant que le roi et lui pussent aller prendre le commandement du siége de La Rochelle, qui était résolu, il avait fait partir Monsieur pour diriger les premières opérations, et avait fait filer vers le théâtre de la guerre toutes les troupes dont il avait pu disposer.

C'était de ce détachement envoyé en avant-garde que faisait partie notre ami d'Artagnan.

Le roi, comme nous l'avons dit, devait suivre, aussitôt son lit de justice tenu; mais en se levant de ce lit de justice le 28 juin, il s'était senti pris par la fièvre: il n'en avait pas moins voulu partir; mais son état empirant, il avait été forcé de s'arrêter à Villeroi.

Or, où s'arrêtait le roi s'arrêtaient les mousquetaires; il en résultait que d'Artagnan, qui était purement et simplement dans les gardes, se trouvait séparé, momentanément du moins, de ses bons amis Athos, Porthos et Aramis; cette séparation, qui n'était pour lui qu'une contrariété, fut certes devenue une inquiétude sérieuse s'il eût pu deviner de quels dangers inconnus il était entouré.

Il n'en arriva pas moins sans accident au camp établi devant La Rochelle, vers le 10 du mois de septembre de l'année 1627.

Tout était dans le même état : le duc de Buckingham et ses Anglais, maîtres de l'île de Ré, continuaient d'assiéger mais sans succès la citadelle de Saint-Martin et le fort de La Prée, et les hostilités avec La Rochelle étaient commencées depuis deux ou trois jours à propos d'un fort que le duc d'Angoulême venait de faire construire près de la ville.

Les gardes, sous le commandement de M. des Essarts, avaient leur logement aux Minimes.

Mais, nous le savons, d'Artagnan, préoccupé de l'ambition de passer aux mousquetaires, avait rarement fait amitié avec ses camarades ; il se trouvait donc isolé et livré à ses propres réflexions.

Ses réflexions n'étaient pas riantes : depuis deux ans qu'il était arrivé à Paris, il s'était mêlé aux affaires publiques; ses affaires privées n'avaient pas fait grand chemin comme amour et comme fortune.

Comme amour, la seule femme qu'il eût

aimée était madame Bonacieux, et madame Bonacieux avait disparu sans qu'il pût découvrir encore ce qu'elle était devenue.

Comme fortune, il s'était fait, lui chétif, ennemi du cardinal, c'est-à-dire d'un homme devant lequel tremblaient les plus grands du royaume, à commencer par le roi.

Cet homme pouvait l'écraser, et cependant il ne l'avait pas fait : pour un esprit aussi perspicace que l'était d'Artagnan, cette indulgence était un jour par lequel il voyait dans un meilleur avenir.

Puis, il s'était fait encore un autre ennemi moins à craindre, pensait-il, mais que cependant il sentait instinctivement n'être pas à mépriser ; cet ennemi, c'était milady.

En échange de tout cela il avait acquis la protection et la bienveillance de la reine, mais la bienveillance de la reine était, par le temps qui courait, une cause de plus de persécution ; et sa protection, on le sait, protégeait fort mal : témoin Chalais et madame Bonacieux.

Ce qu'il avait donc gagné de plus clair dans tout cela, c'était le diamant de cinq ou six mille livres qu'il portait au doigt ; et encore ce diamant, en supposant que d'Artagnan, dans ses projets d'ambition, voulût le garder pour s'en faire un jour un signe de reconnaissance près de la reine, n'avait en attendant, puisqu'il ne pouvait s'en défaire, pas plus de valeur que les cailloux qu'il foulait à ses pieds.

Nous disons que les cailloux qu'il foulait à ses pieds, car d'Artagnan faisait ces réflexions en se promenant solitairement sur un joli petit chemin qui conduisait du camp au village d'Angoutin; or ces réflexions l'avaient conduit plus loin qu'il ne croyait, et le jour commençait à baisser, lorsqu'au dernier rayon du soleil couchant il lui sembla voir briller derrière une haie le canon d'un mousquet.

D'Artagnan avait l'œil vif et l'esprit prompt, il comprit que le mousquet n'était pas venu là tout seul et que celui qui le portait ne s'était pas caché derrière une haie dans des intentions amicales. Il résolut donc de gagner au large, lorsque de l'autre côté de la route, derrière un rocher, il aperçut l'extrémité d'un second mousquet.

C'était évidemment une embuscade.

Le jeune homme jeta un coup d'œil sur le premier mousquet et vit avec une certaine inquiétude qu'il s'abaissait dans sa direction, mais aussitôt qu'il vit l'orifice du canon immobile il se jeta ventre à terre. En même temps le coup partit, il entendit le sifflement d'une balle qui passait audessus de sa tête.

Il n'y avait pas de temps à perdre, d'Artagnan se redressa d'un bond, et au même moment la balle de l'autre mousquet fit voler les cailloux à l'endroit même du chemin où il s'était jeté la face contre terre.

D'Artagnan n'était pas un de ces hommes inutilement braves qui cherchent une mort ridicule pour qu'on dise d'eux qu'ils n'ont pas reculé d'un pas ; d'ailleurs il ne s'agissait plus de courage ici, d'Artagnan était tombé dans un guet-apens.

— S'il y a un troisième coup, se dit-il à lui-même, je suis un homme perdu !

Et aussitôt, prenant ses jambes à son cou, il s'enfuit dans la direction du camp, avec la vitesse des gens de son pays si renommés pour leur agilité ; mais, quelle que fût la rapidité de sa course, le premier qui avait tiré, ayant eu le temps de recharger son arme, lui tira un second coup si bien ajusté, cette fois, que la balle traversa son feutre et le fit voler à dix pas de lui.

Cependant, comme d'Artagnan n'avait pas d'autre chapeau, il ramassa le sien tout en courant, arriva fort essoufflé et fort pâle dans son logis, s'assit sans rien dire à personne et se mit à réfléchir.

Cet événement pouvait avoir trois causes :

La première et la plus naturelle : ce pouvait être une embuscade des Rochelais, qui n'eussent pas été fâchés de tuer un des gardes de Sa Majesté, d'abord parce que c'était un ennemi de moins, et que cet ennemi pouvait avoir une bourse bien garnie dans sa poche.

D'Artagnan prit son chapeau, examina le trou de la balle, et secoua la tête. La balle n'était pas une balle de mousquet, c'était une balle d'arquebuse; la justesse du coup lui avait déjà donné l'idée qu'il avait été tiré par une arme particulière : ce n'était donc pas une embuscade militaire, puisque la balle n'était pas de calibre.

Ce pouvait être un bon souvenir de monsieur le cardinal. On se rappelle qu'au moment même où il avait, grâce à ce bienheureux rayon de soleil, aperçu le canon du fusil, il s'étonnait de la longanimité de Son Éminence à son égard.

Mais d'Artagnan secoua la tête. Pour les gens vers lesquels elle n'avait qu'à étendre la main, Son Éminence recourait rarement à de pareils moyens,

Ce pouvait être une vengeance de milady.

Ceci, c'était plus probable.

Il chercha inutilement à se rappeler ou les traits ou le costume des assassins; il s'était éloigné d'eux si rapidement, qu'il n'avait eu le loisir de rien remarquer.

— Ah, mes pauvres amis ! murmura d'Artagnan, où êtes-vous ? et que vous me faites faute !

D'Artagnan passa une fort mauvaise nuit. Trois ou quatre fois il se réveilla en sursaut, se figurant qu'un homme s'approchait de son lit pour le poignarder. Cependant le jour parut sans que l'obscurité eût amené aucun accident.

Mais d'Artagnan se douta bien que ce qui était différé n'était pas perdu.

D'Artagnan resta toute la journée dans son logis; il se donna pour excuse, vis-à-vis de lui-même, que le temps était mauvais.

Le surlendemain, à neuf heures, on battit aux champs. Le duc d'Orléans visitait les postes. Les gardes coururent aux armes, d'Artagnan prit son rang au milieu de ses camarades.

Monsieur passa sur le front de bataille; puis tous les officiers supérieurs s'approchèrent de lui pour lui faire leur cour, M. des Essarts, le capitaine des gardes, comme les autres.

Au bout d'un instant il parut à d'Artagnan que M. des Essarts lui faisait signe de s'approcher de lui : il attendit un nouveau geste de son supérieur, craignant de se tromper ; mais ce geste s'étant renouvelé, il quitta les rangs et s'avança pour prendre l'ordre.

— Monsieur va demander des hommes de bonne volonté pour une mission dangereuse, mais qui fera honneur à ceux qui l'auront accomplie, et je vous ai fait signe afin que vous vous tinssiez prêt.

— Merci, mon capitaine ! répondit d'Artagnan, qui ne demandait pas mieux que de se distinguer sous les yeux du lieutenant-général.

En effet, les Rochelais avaient fait une sortie pendant la nuit et avaient repris un bastion dont l'armée royaliste s'était emparée deux jours auparavant; il s'agissait de pousser une reconnaissance perdue pour voir comment l'armée gardait ce bastion.

Effectivement, au bout de quelques instants Monsieur éleva la voix et dit :

— Il me faudrait, pour cette mission, trois ou quatre volontaires conduits par un homme sûr.

— Quant à l'homme sûr, je l'ai sous la main, monseigneur, dit M. des Essarts en montrant d'Artagnan; et quant aux quatre ou cinq volontaires, monseigneur n'a qu'à faire connaître ses intentions et les hommes ne lui manqueront pas.

— Quatre hommes de bonne volonté

pour venir se faire tuer avec moi! dit d'Artagnan en levant son épée.

Deux de ses camarades aux gardes s'élancèrent aussitôt et deux soldats s'étant joints à eux, il se trouva que le nombre demandé était suffisant; d'Artagnan refusa donc tous les autres, ne voulant pas faire de passe-droit à ceux qui avaient la priorité.

On ignorait si, après la prise du bastion, les Rochelais l'avaient évacué ou s'ils y avaient laissé garnison; il fallait donc examiner le lieu indiqué d'assez près pour vérifier la chose.

D'Artagnan partit avec ses quatre compagnons et suivit la tranchée: les deux gardes marchaient au même rang que lui et les soldats venaient par derrière.

Ils arrivèrent ainsi, en se couvrant des revêtements, jusqu'à une centaine de pas du bastion; là d'Artagnan, en se retournant, s'aperçut que les deux soldats avaient disparu.

Il crut qu'ayant eu peur ils étaient restés en arrière et continua d'avancer.

Au détour de la contrescarpe, ils se trouvèrent à soixante pas à peu près du bastion.

On ne voyait personne, et le bastion semblait abandonné.

Les trois enfants perdus délibéraient s'ils

iraient plus avant, lorsque tout à coup une ceinture de fumée ceignit le géant de pierre, et une douzaine de balles vinrent siffler autour de d'Artagnan et de ses deux compagnons.

Ils savaient ce qu'ils voulaient savoir : le bastion était gardé. Une plus longue station dans cet endroit dangereux eût donc été une imprudence inutile; d'Artagnan et les deux gardes tournèrent le dos et commencèrent une retraite qui ressemblait à une fuite.

En arrivant à l'angle de la tranchée qui allait leur servir de rempart, un des gardes tomba : une balle lui avait traversé la poitrine. L'autre, qui était sain et sauf, continua sa course vers le camp.

D'Artagnan ne voulut pas abandonner ainsi son compagnon, et s'inclina vers lui pour le relever et l'aider à rejoindre les lignes; mais dans ce moment deux coups de fusil partirent: une balle cassa la tête au garde déjà blessé, et l'autre vint s'aplatir sur le roc après avoir passé à deux pouces de d'Artagnan.

Le jeune homme se retourna vivement; car cette attaque ne pouvait venir du bastion, qui était masqué par l'angle de la tranchée: l'idée des deux soldats qui l'avaient abandonné lui revint à l'esprit et lui rappela ses assassins de la surveille; il résolut donc cette fois de savoir à quoi s'en tenir, et tomba sur le corps de son camarade comme s'il était mort.

Il vit aussitôt deux têtes qui s'élevaient au-dessus d'un ouvrage abandonné qui était à trente pas de là : c'étaient celles de nos deux soldats. D'Artagnan ne s'était pas trompé : ces deux hommes ne l'avaient suivi que pour l'assassiner, espérant que la mort du jeune homme serait mise sur le compte de l'ennemi.

Seulement, comme il pouvait n'être que blessé et dénoncer leur crime, ils s'approchèrent pour l'achever ; heureusement, trompés par la ruse de d'Artagnan, ils négligèrent de recharger leurs fusils.

Lorsqu'ils furent à dix pas de lui, d'Artagnan, qui en tombant avait eu grand soin de ne pas lâcher son épée, se releva tout à coup et d'un bond se trouva près d'eux.

Les assassins comprirent que s'ils s'enfuyaient du côté du camp sans avoir tué leur homme, ils seraient accusés par lui ; aussi leur première idée fut-elle de passer à l'ennemi. L'un d'eux prit son fusil par le canon, et s'en servit comme d'une massue : il en porta un coup terrible à d'Artagnan, qui l'évita en se jetant de côté ; mais par ce mouvement il livra passage au bandit, qui s'élança aussitôt vers le bastion. Comme les Rochelais qui le gardaient ignoraient dans quelle intention cet homme venait à eux, ils firent feu sur lui, et il tomba frappé d'une balle qui lui brisa l'épaule.

Pendant ce temps, d'Artagnan s'était jeté sur le second soldat, l'attaquant avec son épée ; la lutte ne fut pas longue : ce misérable n'avait pour se défendre que son arquebuse déchargée; l'épée du garde glissa contre le canon de l'arme devenue inutile et alla traverser la cuisse de l'assassin, qui tomba. D'Artagnan lui mit aussitôt la pointe du fer sur la gorge.

— Oh! ne me tuez pas! s'écria le bandit, grâce, grâce, mon officier! et je vous dirai tout.

— Ton secret vaut-il la peine que je te garde la vie au moins? demanda le jeune homme en retenant son bras.

— Oui; si vous estimez que l'existence soit quelque chose quand on a vingt-deux ans comme vous et qu'on peut arriver à tout, étant beau et brave comme vous l'êtes.

— Misérable ! dit d'Artagnan, voyons, parle vite, qui t'a chargé de m'assassiner ?

— Une femme que je ne connais pas, mais qu'on appelait milady.

— Mais si tu ne connais pas cette femme, comment sais-tu son nom ?

— Mon camarade la connaissait et l'appelait ainsi, c'est à lui qu'elle a eu affaire et non pas à moi ; il a même dans sa poche une lettre de cette personne qui doit avoir pour vous une grande importance, à ce que je lui ai entendu dire.

—Mais comment te trouves-tu de moitié dans ce guet-apens ?

— Il m'a proposé de faire le coup à nous deux et j'ai accepté.

— Et combien vous a-t-elle donné pour cette belle expédition ?

— Cent louis.

— Eh bien ! à la bonne heure, dit le jeune homme en riant, elle estime que je vaux quelque chose ; cent louis ! c'est une somme pour deux misérables comme vous : aussi je comprends que tu aies accepté, et je te fais grâce, mais à une condition !

— Laquelle ? demanda le soldat inquiet en voyant que tout n'était pas fini.

— C'est que tu vas aller me chercher la lettre que ton camarade a dans sa poche.

— Mais, s'écria le bandit, c'est une autre manière de me tuer; comment voulez-vous que j'aille chercher cette lettre sous le feu du bastion!

— Il faut pourtant que tu te décides à l'aller chercher, ou je te jure que tu vas mourir de ma main.

— Grâce! monsieur, pitié! au nom de cette jeune dame que vous aimez, que vous croyez morte peut-être, et qui ne l'est pas! s'écria le bandit en se mettant à genoux et en s'appuyant sur sa main, car il commençait à perdre ses forces avec son sang.

— Et d'où sais-tu qu'il y a une jeune femme que j'aime, et que j'ai cru cette femme morte? demanda d'Artagnan.

— Par cette lettre que mon camarade a dans sa poche.

— Tu vois bien alors qu'il faut que j'aie cette lettre, dit d'Artagnan ; ainsi donc plus de retard, plus d'hésitation, ou quelle que soit ma répugnance à tremper une seconde fois mon épée dans le sang d'un misérable comme toi, je te jure par ma foi d'honnête homme....

Et à ces mots d'Artagnan fit un geste si menaçant que le blessé se releva.

—Arrêtez! arrêtez! s'écria-t-il reprenant courage à force de terreur, j'irai... j'irai !...

D'Artagnan prit l'arquebuse du soldat, le fit passer devant lui et le poussa vers son compagnon en lui piquant les reins de la pointe de son épée.

C'était une chose affreuse que de voir ce malheureux, laissant sur le chemin qu'il parcourait une longue trace de sang, pâli de sa mort prochaine, essayant de se traîner sans être vu jusqu'au corps de son complice qui gisait à vingt pas de là!

La terreur était tellement peinte sur son visage couvert d'une froide sueur, que d'Artagnan en eut pitié; et que, le regargant avec mépris :

—Eh bien! lui dit-il, je vais te montrer la différence qu'il y a entre un homme de cœur et un lâche comme toi; reste, j'irai.

Et d'un pas agile, l'œil au guet, observant les mouvements de l'ennemi, s'aidant de tous les accidents du terrain, d'Artagnan parvint jusqu'au second soldat.

Il y avait deux moyens d'arriver à son but : le fouiller sur place, ou l'emporter en se faisant un bouclier de son corps, et le fouiller dans la tranchée.

D'Artagnan préféra le second moyen et chargea l'assassin sur ses épaules au moment même où l'ennemi faisait feu.

Une légère secousse, le bruit mat de trois balles qui trouaient les chairs, un dernier cri, un frémissement d'agonie prouvèrent à d'Artagnan que celui qui avait voulu l'assassiner venait de lui sauver la vie.

D'Artagnan regagna la tranchée et jeta

le cadavre auprès du blessé aussi pâle que la mort.

Aussitôt il commença l'inventaire : un portefeuille de cuir, une bourse où se trouvait évidemment une partie de la somme que le bandit avait reçue, un cornet et des dés formaient l'héritage du mort.

Il laissa le cornet et les dés où ils étaient tombés, jeta la bourse au blessé et ouvrit avidement le portefeuille.

Au milieu de quelques papiers sans importance, il trouva la lettre suivante ; c'était celle qu'il était allé chercher au risque de sa vie.

— « Puisque vous avez perdu la trace de cette femme et qu'elle est maintenant en sûreté dans ce couvent où vous n'auriez jamais dû la laisser arriver, tâchez au moins de ne pas manquer l'homme ; sinon, vous savez que j'ai la main longue et que vous payerez cher les cent louis que vous avez à moi.»

Pas de signature. Néanmoins il était évident que la lettre venait de milady. En conséquence il la garda comme pièce de conviction, et, en sûreté derrière l'angle de la tranchée, il se mit à interroger le blessé. Celui-ci confessa qu'il s'était chargé avec son camarade, le même qui venait d'être tué, d'enlever une jeune femme qui devait sortir de Paris par la barrière de La Villette, mais que, s'étant arrêtés à boire dans un cabaret, ils avaient manqué la voiture de dix minutes.

— Mais qu'eussiez-vous fait de cette femme? demanda d'Artagnan avec angoisse.

— Nous devions la remettre dans un hôtel de la place Royale, dit le blessé.

— Oui ! oui ! murmura d'Artagnan, c'est bien cela : chez milady elle-même !

Alors le jeune homme comprit en frémissant quelle terrible soif de vengeance poussait cette femme à le perdre, ainsi que ceux qui l'aimaient, et combien elle en savait sur les affaires de la cour, puisqu'elle avait tout découvert. Sans doute elle devait ces renseignements au cardinal.

Mais, au milieu de tout cela, il comprit, avec un sentiment de joie bien réel, que la reine avait fini par découvrir la prison où la pauvre madame Bonacieux expiait son dévouement, et qu'elle l'avait tirée de cette prison. Alors la lettre qu'il avait reçue de la jeune femme et son passage sur la route de Chaillot, passage pareil à une apparition, lui furent expliqués.

Dès lors, ainsi qu'Athos l'avait prédit, il était possible de retrouver madame Bonacieux, et un couvent n'était pas imprenable.

Cette idée acheva de lui remettre la clémence au cœur. Il se retourna vers le blessé qui suivait avec anxiété toutes les expressions diverses de son visage, et lui tendant le bras :

— Allons, lui dit-il, je ne veux pas t'abandonner ainsi. Appuie-toi sur moi et retournons au camp.

— Oui, dit le blessé, qui avait peine à croire à tant de magnanimité, mais n'est-ce point pour me faire pendre ?

— Tu as ma parole, dit-il, et pour la seconde fois je te donne la vie.

Le blessé se laissa glisser à genoux et baisa de nouveau les pieds de son sauveur ; mais d'Artagnan, qui n'avait plus aucun motif de rester si près de l'ennemi, abrégea lui-même les témoignages de sa reconnaissance.

Le garde qui était revenu à la première décharge, avait annoncé la mort de ses quatre compagnons. On fut donc à la fois fort étonné et fort joyeux dans le régiment, quand on vit reparaître le jeune homme sain et sauf.

D'Artagnan expliqua le coup d'épée de son compagnon par une sortie qu'il improvisa. Il raconta la mort de l'autre soldat et les périls qu'ils avaient courus. Ce récit fut pour lui l'occasion d'un véritable triomphe. Toute l'armée parla de cette expédition pendant un jour, et Monsieur lui en fit faire ses compliments.

Au reste, comme toute belle action porte avec elle sa récompense, la belle action de d'Artagnan eut pour résultat de lui rendre la tranquillité qu'il avait perdue. En effet, d'Artagnan croyait pouvoir être tranquille, puisque, de ses deux ennemis, l'un était tué et l'autre dévoué à ses intérêts.

Cette tranquillité prouvait une chose, c'est que d'Artagnan ne connaissait pas encore milady.

CHAPITRE III.

LE VIN D'ANJOU.

Après des nouvelles presque désespérées du roi, le bruit de sa convalescence commençait à se répandre dans le camp; et, comme il avait grande hâte d'arriver en personne au siége, on disait qu'aussitôt qu'il pourrait remonter à cheval, il se remettrait en route.

Pendant ce temps, Monsieur, qui savait que d'un jour à l'autre il allait être remplacé dans son commandement, soit par le duc d'Angoulême, soit par Bassompierre ou par Schomberg, qui se disputaient le commandement, faisait peu de chose, perdait ses journées en tâtonnements, et n'osait risquer quelque grande entreprise pour chasser les Anglais de l'île de Ré, où ils assiégeaient toujours la citadelle Saint-Martin et le fort de La Prée, tandis que de leur côté les Français assiégeaient La Rochelle.

D'Artagnan, comme nous l'avons dit, était redevenu plus tranquille, comme il arrive toujours après un danger passé et quand le danger semble évanoui ; il ne lui restait qu'une inquiétude, c'était de n'apprendre aucune nouvelle de ses amis.

Mais, un matin du commencement du mois de novembre, tout lui fut expliqué par cette lettre datée de Villeroi :

« Monsieur d'Artagnan,

» MM. Athos, Porthos et Aramis, après avoir fait une bonne partie chez moi et s'être égayés beaucoup, ont mené si grand bruit que le prévôt du château, homme très-rigide, les a consignés pour quelques jours; mais j'accomplis les ordres qu'ils m'ont donnés de vous envoyer douze bouteilles de mon vin d'Anjou, dont ils ont fait grand cas : ils veulent que vous buviez à leur santé avec leur vin favori.

» Je l'ai fait et suis, Monsieur, avec un grand respect,

» Votre serviteur très-humble et très-obéissant

» Godeau,

» Hôtelier de messieurs les mousquetaires. »

— A la bonne heure ! s'écria d'Artagnan, ils pensent à moi dans leurs plaisirs comme je pensais à eux dans mon ennui ; bien certainement que je boirai à leur santé et de grand cœur, mais je ne boirai pas seul.

Et d'Artagnan courut chez deux gardes avec lesquels il avait fait plus amitié qu'avec les autres, afin de les inviter à boire avec lui le charmant petit vin d'Anjou qui venait d'arriver de Villeroi.

L'un des deux gardes était invité pour le soir même, et l'autre invité pour le lendemain; la réunion fut donc fixée au surlendemain.

D'Artagnan, en rentrant, envoya les douze bouteilles de vin à la buvette des gardes, en recommandant qu'on les lui gardât avec soin; puis, le jour de la solennité, comme le dîner était fixé pour l'heure de midi, d'Artagnan envoya dès neuf heures Planchet pour tout préparer.

Planchet, tout fier d'être élevé à la dignité de maître-d'hôtel, songea à tout apprêter en homme intelligent; à cet effet il s'adjoignit le valet d'un des convives de son maître, nommé Fourreau, et ce faux soldat qui avait voulu tuer d'Artagnan, et qui, n'appartenant à aucun corps, était entré au service de d'Artagnan ou plutôt à celui de Planchet, depuis que d'Artagnan lui avait sauvé la vie.

L'heure du festin venue, les deux convives arrivèrent, prirent place, et les mets s'alignèrent sur la table. Planchet servait la serviette au bras, Fourreau débouchait les bouteilles, et Brisemont, c'était le nom du convalescent, transvasait dans des carafons de verre le vin, qui paraissait avoir déposé par les secousses de la route. De ce vin la première bouteille étant un peu trouble vers la fin, Brisemont versa cette lie dans un verre et d'Artagnan lui permit de la boire; car le pauvre diable n'avait pas encore beaucoup de forces.

Les convives, après avoir mangé le potage, allaient porter le premier verre à leurs lèvres, lorsque tout à coup le canon retentit au fort Louis et au fort Neuf; aussitôt les gardes, croyant qu'il s'agissait de quelque attaque imprévue, soit des assiégés, soit des Anglais, sautèrent sur leurs épées: d'Artagnan, non moins leste qu'eux, fit comme eux, et tous trois sortirent en courant afin de se rendre à leurs postes.

Mais à peine furent-ils hors de la buvette qu'ils se trouvèrent fixés sur la cause de ce grand bruit; les cris de Vive le roi! Vive M. le cardinal! retentissaient de tous côtés, et les tambours battaient dans toutes les directions.

En effet, le roi, impatient comme on l'avait dit, venait de doubler deux étapes et arrivait à l'instant même avec toute sa maison et un renfort de dix mille hommes de troupes; ses mousquetaires le précédaient et le suivaient. D'Artagnan, placé en haie avec sa compagnie, salua d'un geste expressif ses amis, qui le suivaient des yeux, et M. de Tréville, qui le reconnut tout d'abord.

La cérémonie de réception achevée, les quatre amis furent bientôt dans les bras l'un de l'autre.

— Pardieu! s'écria d'Artagnan, il n'est pas possible de mieux arriver et les viandes n'auront pas encore eu le temps de refroidir! n'est-ce pas, messieurs! ajouta le jeune homme en se tournant vers les deux gardes, qu'il présenta à ses amis.

— Ah ! ah ! il paraît que nous banquetions, dit Porthos.

— J'espère, dit Aramis, qu'il n'y a pas de femmes à votre dîner !

— Est-ce qu'il y a du vin potable dans votre bicoque ? demanda Athos.

— Mais, pardieu ! il y a le vôtre, cher ami, répondit d'Artagnan.

— Notre vin ? fit Athos étonné.

— Oui, celui que vous m'avez envoyé.

— Nous vous avons envoyé du vin ?

— Mais, vous savez bien ! de ce petit vin des coteaux d'Anjou ?

— Oui, je sais bien de quel vin vous voulez parler.

— Le vin que vous préférez.

— Sans doute, quand je n'ai ni champagne, ni chambertin.

— Eh bien ! à défaut de champagne et de chambertin, vous vous contenterez de celui-là.

— Nous avons donc fait venir du vin d'Anjou, gourmet que nous sommes? dit Porthos.

— Mais non, c'est le vin qu'on m'a envoyé de votre part.

— De notre part ! firent les mousquetaires.

— Est-ce vous, Aramis, dit Athos, qui avez envoyé du vin?

— Non, et vous Porthos?

— Non, et vous Athos?

— Non.

— Si ce n'est pas vous, dit d'Artagnan, c'est votre hôtelier!

— Notre hôtelier?

— Eh, oui! votre hôtelier, Godeau, hôtelier des mousquetaires.

— Ma foi, qu'il vienne d'où il voudra, n'importe, dit Porthos, goûtons-le et s'il est bon buvons-le.

— Non pas, dit Athos, ne buvons pas le vin qui a une source inconnue.

— Vous avez raison, Athos ! dit d'Artagnan ; personne de vous n'a chargé l'hôtelier Godeau de m'envoyer du vin?

— Non ! et cependant il vous en a envoyé de notre part?

— Voici la lettre ! dit d'Artagnan et il présenta le billet à ses camarades.

— Ce n'est pas son écriture ! dit Athos, je la connais ; c'est moi qui, avant de partir, ai réglé les comptes de la communauté.

— Fausse lettre, dit Porthos ; nous n'avons pas été consignés.

— D'Artagnan, dit Aramis d'un ton de reproche, comment avez-vous pu croire que nous avions fait du bruit!...

D'Artagnan pâlit et un tremblement convulsif secoua tous ses membres.

— Tu m'effraies, dit Athos, qui ne le tutoyait que dans les grandes occasions, qu'est-il donc arrivé?

— Courons, courons, mes amis ! s'écria d'Artagnan, un horrible soupçon me traverse l'esprit ! serait-ce encore une vengeance de cette femme!

Ce fut Athos qui pâlit à son tour.

D'Artagnan s'élança vers la buvette, les trois mousquetaires et les deux gardes le suivirent.

Le premier objet qui frappa la vue de d'Artagnan en entrant dans la salle à manger, fut Brisemont étendu par terre et se roulant dans d'atroces convulsions.

Planchet et Fourreau, pâles comme des morts, essayaient de lui porter secours ; mais il était évident que tout secours était inutile : tous les traits du moribond étaient crispés par l'agonie.

— Ah ! s'écria-t-il en apercevant d'Artagnan, ah ! c'est affreux, vous avez l'air de me faire grâce et vous m'empoisonnez !

— Moi ! s'écria d'Artagnan, moi, malheureux ! mais que dis-tu donc là !

— Je dis que c'est vous qui m'avez donné ce vin, je dis que c'est vous qui m'avez dit de le boire, je dis que vous avez voulu vous venger de moi, je dis que c'est affreux !

— N'en croyez rien, Brisemont, dit d'Artagnan, n'en croyez rien ; je vous jure, je vous proteste...

— Oh ! mais, Dieu est là ! Dieu vous punira ! Mon Dieu ! qu'il souffre un jour ce que je souffre !

— Sur l'Évangile ! s'écria d'Artagnan en se précipitant vers le moribond, je vous jure que j'ignorais que ce vin fût empoisonné et que j'allais en boire comme vous.

— Je ne vous crois pas, dit le soldat et il expira dans un redoublement de tortures.

— Affreux ! affreux ! murmurait Athos,

tandis que Porthos brisait les bouteilles et qu'Aramis donnait des ordres un peu tardifs pour qu'on allât chercher un confesseur.

— O mes amis ! dit d'Artagnan, vous venez encore une fois de me sauver la vie, non-seulement à moi, mais à ces messieurs. Messieurs, continua-t-il en s'adressant aux gardes, je vous demanderai le silence sur toute cette aventure; de grands personnages pourraient avoir trempé dans ce que vous avez vu, et le mal de tout cela retomberait sur nous.

— Ah, monsieur ! balbutiait Planchet plus mort que vif; ah, monsieur ! que je l'ai échappé belle !

— Comment, drôle, s'écria d'Artagnan, tu allais donc boire mon vin?

— A la santé du roi, monsieur; j'allais en boire un pauvre verre, si Fourreau ne m'avait pas dit qu'on m'appelait.

— Hélas, dit Fourreau, dont les dents claquaient de terreur, je voulais l'eloigner pour boire tout seul !

— Messieurs, dit d'Artagnan en s'adressant aux gardes, vous comprenez qu'un pareil festin ne pourrait êtreque fort triste après ce qui vient de se passer ; ainsi recevez toutes mes excuses et remettez la partie à un autre jour, je vous prie.

Les deux gardes acceptèrent courtoisement les excuses de d'Artagnan, et, comprenant que les quatre amis désiraient demeurer seuls, ils se retirèrent.

Lorsque le jeune garde et les trois mousquetaires furent sans témoins, ils se regardèrent d'un air qui voulait dire que chacun comprenait la gravité de la situation.

— D'abord, dit Athos, sortons de cette chambre; c'est mauvaise compagnie qu'un mort, mort de mort violente.

— Planchet, dit d'Artagnan, je vous recommande le cadavre de ce pauvre diable. Qu'il soit enterré en terre sainte. Il avait commis un crime, c'est vrai, mais il s'en est repenti.

Et les quatre amis sortirent de la chambre, laissant à Planchet et à Fourreau le soin de rendre les honneurs mortuaires à Brisemont.

L'hôte leur donna une autre chambre dans laquelle il leur servit des œufs à la coque et de l'eau, qu'Athos alla puiser lui-même à la fontaine. En quelques paroles Porthos et Aramis furent mis au courant de la situation.

— Eh bien ! dit d'Artagnan à Athos, vous le voyez, cher ami, c'est une guerre à mort.

Athos secoua la tête.

— Oui, oui, dit-il, je le vois bien ; mais croyez-vous que ce soit elle ?

— J'en suis sûr.

— Cependant je vous avoue que je doute encore.

— Mais cette fleur de lis sur l'épaule ?

— C'est une Anglaise qui aura commis quelque méfait en France, et qu'on aura flétrie à la suite de son crime.

— Athos, c'est votre femme, vous dis-je, répétait d'Artagnan, ne vous rappelez-vous donc pas comme les deux signalements se ressemblent ?

— J'aurais cependant cru que l'autre était morte, je l'avais si bien pendue.

Ce fut d'Artagnan qui secoua la tête à son tour.

— Mais enfin que faire? dit le jeune homme.

— Le fait est qu'on ne peut rester ainsi avec une épée éternellement suspendue au-dessus de sa tête, dit Athos, et qu'il faut sortir de cette situation.

— Mais comment ?

— Écoutez, tâchez de la rejoindre et d'avoir une explication avec elle; dites-lui : La paix ou la guerre ! ma parole de gentilhomme de ne jamais rien dire de vous, de ne jamais rien faire contre vous; de votre côté serment solennel de rester neutre à mon égard : sinon, je vais trouver le chancelier, je vais trouver le roi, je vais trouver le bourreau, j'ameute la cour contre vous, je vous dénonce comme flétrie, je vous fais mettre en jugement, et si l'on vous absout, eh bien ! je vous tue, foi de gentilhomme! au coin de quelque borne, comme je tuerais un chien enragé.

— J'aime assez ce moyen, dit d'Artagnan, mais comment la joindre?

— Le temps, cher ami, le temps amène l'occasion; l'occasion c'est la martingale de l'homme: plus on a engagé, plus l'on gagne quand on sait attendre.

— Oui, mais attendre entouré d'assassins et d'empoisonneurs....

— Bah, dit Athos, Dieu nous a gardés jusqu'à présent, Dieu nous gardera encore.

— Oui, nous; nous d'ailleurs, nous sommes des hommes, et, à tout prendre, c'est notre état de risquer notre vie : mais elle ! ajouta-t-il à demi-voix.

— Qui, elle ? demanda Athos.

— Constance.

— Madame Bonacieux ! ah ! c'est juste, fit Athos ; pauvre ami ! j'oubliais que vous étiez amoureux.

— Eh bien, mais, dit Aramis, n'avez-vous pas vu par la lettre même que vous avez trouvée sur le misérable mort qu'elle était dans un couvent ! On est très-bien dans un couvent, et, aussitôt le siége de La Rochelle terminé, je vous promets que pour mon compte...

— Bon ! dit Athos, bon ! oui, mon cher

Aramis! nous savons que vos vœux tendent à la religion.

— Je ne suis mousquetaire que par intérim, dit humblement Aramis.

— Il paraît qu'il y a long-temps qu'il n'a reçu des nouvelles de sa maîtresse, dit tout bas Athos; mais ne faites pas attention, nous connaissons cela.

— Eh bien! dit Porthos, il me semble qu'il y aurait un moyen bien simple.

— Lequel? demanda d'Artagnan.

— Elle est dans un couvent, dites-vous? reprit Porthos.

— Oui.

— Eh bien ! aussitôt le siége fini, nous l'enlevons de ce couvent.

— Mais encore faut-il savoir dans quel couvent elle est.

— C'est juste, dit Porthos.

— Mais, j'y pense, dit Athos, ne prétendez-vous pas, cher d'Artagnan, que c'est la reine qui a fait choix de ce couvent pour elle ?

— Oui, je le crois du moins.

— Eh bien ! mais Porthos nous aidera là-dedans.

— Et comment cela, s'il vous plaît ?

— Mais par votre marquise, votre duchesse, votre princesse, elle doit avoir le bras long.

— Chut ! dit Porthos en mettant un doigt sur ses lèvres, je la crois cardinaliste et elle ne doit rien savoir.

— Alors, dit Aramis, je me charge, moi, d'en avoir des nouvelles.

— Vous, Aramis, s'écrièrent les trois amis, vous, et comment cela ?

— Par l'aumônier de la reine, avec lequel je suis fort lié... dit Aramis en rougissant.

Et sur cette assurance les quatre amis, qui avaient achevé leur modeste repas, se séparèrent avec promesse de se revoir le soir même : d'Artagnan retourna aux Minimes, et les trois mousquetaires rejoignirent le quartier du roi, où ils avaient à faire préparer leurs logis.

CHAPITRE IV.

L'AUBERGE DU COLOMBIER ROUGE.

Cependant, à peine arrivé, le roi, qui avait si grande hâte de se trouver en face de l'ennemi, et qui, à meilleur droit que le cardinal, partageait sa haine contre Buckingham, voulut faire toutes les dispositions, d'abord pour chasser les Anglais de l'île de

Ré, ensuite pour presser le siége de La Rochelle; mais, malgré lui, il fut retardé par les dissensions qui éclatèrent, entre MM. de Bassompierre et Schomberg, contre le duc d'Angoulême.

MM. de Bassompierre et Schomberg étaient maréchaux de France, et réclamaient leur droit de commander l'armée sous les ordres du roi; mais le cardinal, qui craignait que Bassompierre, huguenot au fond du cœur, ne pressât faiblement les Anglais et les Rochelais, ses frères en religion, poussait au contraire le duc d'Angoulême, que le roi, à son instigation, avait nommé lieutenant-général. Il en résulta que, sous peine de voir MM. de Bassompierre et Schomberg déserter l'armée, on fut obligé de faire à chacun un commandement particulier : Bassompierre prit ses quartiers au nord de la ville, depuis La Leu jusqu'à Dompierre; le duc d'Angoulême à l'est, depuis Dompierre jusqu'à Périgny; et M. de Schomberg au midi, depuis Périgny jusqu'à Angoutin.

Le logis de Monsieur était à Dompierre.

Le logis du roi était tantôt à Étré, tantôt à La Jarrie.

Enfin le logis du cardinal était sur les dunes, au pont de La Pierre, dans une simple maison sans aucun retranchement.

De cette façon, Monsieur surveillait Bassompierre; le roi, le duc d'Angoulême; et le cardinal, M. de Schomberg.

Aussitôt cette organisation établie, on

s'était occupé de chasser les Anglais de l'île.

La conjoncture était favorable : les Anglais, qui ont, avant toute chose, besoin de bons vivres pour être de bons soldats, ne mangeant que des viandes salées et de mauvais biscuits, avaient force malades dans leur camp; de plus, la mer, fort mauvaise à cette époque de l'année sur toutes les côtes de l'Océan, mettait tous les jours quelque petit bâtiment à mal; et la plage, depuis la pointe de L'Aiguillon jusqu'à la tranchée, était littéralement, à chaque marée, couverte de débris de pinasses, de roberges et de felouques; il en résultait que, même les gens du roi se tinssent-ils dans leur camp, il était évident qu'un jour ou l'autre Buckingham, qui ne demeurait dans l'île de Ré que par entêtement, serait obligé de lever le siége.

Mais, comme M. de Toirac fit dire que tout se préparait dans le camp ennemi pour un nouvel assaut, le roi jugea qu'il fallait en finir et donna les ordres nécessaires pour une affaire décisive.

Notre intention n'étant pas de faire un journal du siége, mais au contraire de n'en rapporter que les événements qui ont trait à l'histoire que nous racontons, nous nous contenterons de dire en deux mots que l'entreprise réussit au grand contentement du roi et à la grande gloire de M. le cardinal. Les Anglais repoussés pied à pied, battus dans toutes les rencontres, écrasés au passage de l'île de Loix, furent obligés de se rembarquer, laissant sur le champ de bataille deux mille hommes parmi lesquels cinq colonels, trois lieutenants-colonels, deux cent cinquante capitaines et vingt gentilshommes de qualité, quatre pièces de canon et soixante drapeaux qui furent apportés à Paris par Claude de Saint-Simon, et suspendus en grande pompe aux voûtes de Notre-Dame.

Des *Te Deum* furent chantés au camp et de là se répandirent par toute la France.

Le cardinal resta donc maître de poursuivre le siége sans avoir, du moins momentanément, rien à craindre de la part des Anglais.

Mais, comme nous venons de le dire, le repos n'était que momentané.

Un envoyé du duc de Buckingham, nommé Montaigu, avait été pris, et l'on avait acquis la preuve d'une ligue entre l'Empire, l'Espagne, l'Angleterre et la Lorraine.

Cette ligue était dirigée contre la France.

De plus, dans le logis de Buckingham, qu'il avait été forcé d'abandonner plus précipitamment qu'il ne l'avait cru, on avait trouvé des papiers qui confirmaient cette ligue et qui, à ce qu'assure M. le cardinal dans ses mémoires, compromettaient fort madame de Chevreuse et par conséquent la reine.

C'était sur le cardinal que pesait toute la responsabilité, car on n'est pas ministre absolu sans être responsable; aussi toutes les ressources de son vaste génie étaient-elles tendues nuit et jour et occupées à écouter le moindre bruit qui s'élevait dans un des grands royaumes de l'Europe.

Le cardinal connaissait l'activité et surtout la haine de Buckingham; si la ligue qui menaçait la France triomphait, toute son influence était perdue: la politique espagnole et la politique autrichienne avaient leurs représentants dans le cabinet du Louvre, où elles n'avaient encore que des partisans; lui, Richelieu, le ministre français, le ministre national par excellence était perdu. Le roi, qui, tout en lui obéissant comme un enfant, le haïssait comme un enfant hait son maître, l'abandonnait aux vengeances particulières de Monsieur et de la reine; il était donc perdu et peut-être la France avec lui. Il fallait parer à tout cela.

Aussi vit-on les courriers, devenus à chaque instant plus nombreux, se succéder nuit et jour dans cette petite maison du pont de La Pierre où le cardinal avait établi sa résidence.

C'étaient des moines qui portaient si mal le froc, qu'il était facile de reconnaître qu'ils appartenaient surtout à l'église militante; des femmes un peu gênées dans leurs costumes de pages, et dont les larges trousses ne pouvaient entièrement dissimuler les formes arrondies; enfin des paysans aux mains noircies mais à la jambe fine, et qui sentaient l'homme de qualité à une lieue à la ronde.

Puis encore d'autres visites moins agréables, car deux ou trois fois le bruit se répandit que le cardinal avait failli être assassiné.

Il est vrai que les ennemis de Son Éminence disaient que c'était elle-même qui mettait en campagne les assassins maladroits, afin d'avoir, le cas échéant, le droit d'user de représailles; mais il ne faut croire ni à ce que disent les ministres, ni à ce que disent les ennemis.

Ce qui n'empêchait pas, au reste, le cardinal, à qui ses plus acharnés détracteurs n'ont jamais contesté la bravoure personnelle, de faire force courses nocturnes : tantôt pour communiquer au duc d'Angoulême des ordres importants, tantôt pour aller se concerter avec le roi, tantôt pour conférer avec quelque messager qu'il ne voulait pas qu'on laissât entrer chez lui.

De leur côté, les mousquetaires, qui n'avaient pas grand'chose à faire au siége, n'étaient pas tenus sévèrement et menaient joyeuse vie. Cela leur était d'autant plus facile, à nos trois compagnons surtout, qu'étant des amis de M. de Tréville, ils obtenaient facilement de lui de s'attarder et de rester après la fermeture du camp avec des permissions particulières.

Or, un soir que d'Artagnan, qui était de tranchée, n'avait pu les accompagner, Athos, Porthos et Aramis, montés sur leurs chevaux de bataille, enveloppés de leurs manteaux de guerre, une main sur la crosse de leurs pistolets, revenaient tous trois d'une buvette qu'Athos avait découverte deux jours auparavant sur la route de La Jarrie et qu'on appelait le Colombier-Rouge, suivant le chemin qui conduisait au camp, tout en se tenant sur leurs gardes, comme nous l'avons dit, de peur d'embuscade, lorsqu'à un quart de lieue à peu près du village de Boisnar ils crurent entendre le pas d'une calvalcade qui venait à eux; aussitôt tous trois s'arrêtèrent, serrés l'un contre l'autre, et attendirent tenant le milieu de la route: au bout d'un instant, et comme la lune sortait justement d'un nuage, ils virent apparaître au détour d'un chemin deux cavaliers qui en les apercevant s'arrêtèrent à leur tour, paraissant délibérer s'ils devaient continuer leur route ou retourner en arrière; cette hésitation donna quelques soupçons aux trois amis, et Athos, faisant quelques pas en avant, cria de sa voix ferme :

— Qui vive ?

— Qui vive vous-même ? répondit un des deux cavaliers.

— Ce n'est pas répondre, cela! dit Athos. Qui vive ? Répondez ou nous chargeons.

— Prenez garde à ce que vous allez faire, messieurs! dit alors une voix vibrante qui paraissait avoir l'habitude du commandement.

— C'est quelque officier supérieur qui fait sa ronde de nuit, dit Athos; que voulez-vous faire, messieurs ?

— Qui êtes-vous ? dit la même voix du même ton de commandement ; répondez à votre tour, ou vous pourriez vous mal trouver de votre désobéissance.

— Mousquetaires du roi, dit Athos de plus en plus convaincu que celui qui les interrogeait en avait le droit.

— Quelle compagnie ?

— Compagnie de Tréville.

—Avancez à l'ordre et venez me rendre compte de ce que vous faites ici, à cette heure.

Les trois compagnons s'avancèrent l'oreille un peu basse car tous trois maintenant étaient convaincus qu'ils avaient affaire à plus fort qu'eux, laissant, au reste, à Athos le soin de porter la parole.

Un des deux cavaliers, celui qui avait pris la parole en second lieu, était à dix pas en avant de son compagnon; Athos fit signe à Porthos et à Aramis de rester de leur côté en arrière, et s'avança seul.

—Pardon, mon officier! dit Athos; mais nous ignorions à qui nous avions affaire, et vous pouvez voir que nous faisions bonne garde.

— Votre nom? dit l'officier, qui se couvrait une partie du visage avec son manteau.

— Mais, vous-même, monsieur, dit Athos, qui commençait à se révolter contre cette inquisition, donnez-moi, je vous prie, la preuve que vous avez le droit de m'interroger.

— Votre nom? reprit une seconde fois le cavalier en laissant tomber son manteau de manière à avoir le visage découvert.

— Monsieur le cardinal! s'écria le mousquetaire stupéfait.

— Votre nom? reprit pour la troisième fois Son Éminence.

— Athos, dit le mousquetaire.

Le cardinal fit un signe à l'écuyer, qui se rapprocha.

— Ces trois mousquetaires nous suivront, dit-il à voix basse, je ne veux pas qu'on sache que je suis sorti du camp, et en nous suivant nous serons sûrs qu'ils ne le diront à personne.

— Nous sommes gentilshommes, monseigneur, dit Athos, demandez-nous donc notre parole et ne vous inquiétez de rien ; Dieu merci ! nous savons garder un secret.

Le cardinal fixa ses yeux perçants sur ce hardi interlocuteur.

— Vous avez l'oreille fine, monsieur Athos, dit le cardinal, mais maintenant écoutez ceci : ce n'est point par défiance que je vous prie de me suivre, c'est pour ma sûreté ; sans doute vos deux compagnons sont MM. Porthos et Aramis ?

— Oui, Votre Éminence, dit Athos, tandis que les deux mousquetaires restés en arrière s'approchaient le chapeau à la main.

— Je vous connais, messieurs, dit le cardinal, je vous connais : je sais que vous n'êtes pas tout à fait de mes amis, et j'en suis fâché; mais je sais que vous êtes de braves et loyaux gentilhommes, et qu'on peut se fier à vous. Monsieur Athos, faites-moi donc l'honneur de m'accompagner, vous et vos deux amis, et alors j'aurai une escorte à faire envie à Sa Majesté si nous la rencontrons.

Les trois mousquetaires s'inclinèrent jusque sur le cou de leurs chevaux.

—Eh bien, sur mon honneur ! dit Athos, Votre Éminence a raison de nous emmener avec elle : nous avons rencontré sur la route des visages affreux, et nous avons même eu avec quatre de ces visages une querelle au Colombier-Rouge.

—Une querelle, et pourquoi, messieurs? dit le cardinal; je n'aime pas les querelleurs; vous le savez !

— C'est justement pour cela que j'ai l'honneur de prévenir Votre Éminence de ce qui vient d'arriver; car elle pourrait l'apprendre par d'autres que par nous, et, sur un faux rapport, croire que nous sommes en faute.

— Et quels ont été les résultats de cette querelle? demanda le cardinal en fronçant le sourcil.

— Mais mon ami Aramis, que voici, a reçu un petit coup d'épée dans le bras, ce qui ne l'empêchera pas, comme Votre Éminence peut le voir, de monter demain à l'assaut si Votre Éminence ordonne l'escalade.

— Mais vous n'êtes pas hommes à vous laisser donner des coups d'épée ainsi, dit le cardinal : voyons, soyez francs, messieurs, vous en avez bien rendu quelques-uns; confessez-vous, vous savez que j'ai le droit de donner l'absolution.

— Moi, monseigneur, dit Athos, je n'ai pas même mis l'épée à la main, mais j'ai pris celui à qui j'avais affaire à bras-le-corps et je l'ai jeté par la fenêtre; il paraît qu'en tombant, continua Athos avec quelque hésitation, il s'est cassé la cuisse.

— Ah, ah ! fit le cardinal; et vous, monsieur Porthos?

— Moi, monseigneur, sachant que le duel est défendu, j'ai saisi un banc et j'en ai donné à l'un de ces brigands un coup qui, je crois, lui a brisé l'épaule.

—Bien, dit le cardinal; et vous, monsieur Aramis?

— Moi, monseigneur, comme je suis d'un naturel très-doux et que, d'ailleurs, ce que monseigneur ne sait peut-être pas, je suis sur le point d'entrer dans les ordres, je voulais séparer mes camarades, quand un de ces misérables m'a donné traîtreusement un coup d'épée à travers le bras gauche: alors la patience m'a manqué, j'ai tiré mon épée à mon tour, et comme il revenait à la charge, je crois avoir senti qu'en se jetant sur moi il se l'était passée au travers du corps : je sais bien qu'il est tombé seulement, et il m'a semblé qu'on l'emportait avec ses deux compagnons.

— Diable, messieurs ! dit le cardinal, trois hommes hors de combat pour une rixe de cabaret, vous n'y allez pas de main morte ; et à propos de quoi était venue la querelle ?

— Ces misérables étaient ivres, dit Athos, et, sachant qu'il y avait une femme qui était arrivée le soir dans le cabaret, ils voulaient forcer la porte.

— Forcer la porte ! dit le cardinal, et pourquoi faire ?

— Pour lui faire violence sans doute, dit Athos ; j'ai eu l'honneur de dire à Votre

Éminence que ces misérables étaient ivres.

— Et cette femme était jeune et jolie? demanda le cardinal avec une certaine inquiétude.

— Nous ne l'avons pas vue, monseigneur, dit Athos.

— Vous ne l'avez pas vue; ah ! très-bien, reprit vivement le cardinal; vous avez bien fait de défendre l'honneur d'une femme, et, comme c'est à l'auberge du Colombier-Rouge que je vais moi-même, je saurai si vous m'avez dit la vérité.

— Monseigneur, dit fièrement Athos, nous sommes gentilshommes, et pour sauver notre tête nous ne ferions pas un mensonge.

— Aussi je ne doute pas de ce que vous me dites, monsieur Athos, je n'en doute pas un seul instant; mais, ajouta-t-il pour changer la conversation, cette dame était donc seule ?

— Cette dame avait un cavalier enfermé avec elle, dit Athos; mais, comme malgré le bruit ce cavalier ne s'est pas montré, il est à présumer que c'est un lâche.

— Ne jugez pas témérairement, dit l'Évangile, répliqua le cardinal.

— Athos s'inclina.

— Et maintenant, messieurs, c'est bien, continua Son Éminence, je sais ce que je voulais savoir, suivez-moi.

Les trois mousquetaires passèrent derrière le cardinal, qui s'enveloppa de nouveau le visage de son manteau et remit son cheval au pas; se tenant à huit ou dix pas en avant de ses quatre compagnons.

On arriva bientôt à l'auberge silencieuse et solitaire; sans doute l'hôte savait quel illustre visiteur il attendait, et en conséquence il avait renvoyé les importuns.

Dix pas avant d'arriver à la porte, le cardinal fit signe à son écuyer et aux trois mousquetaires de faire halte; un cheval tout sellé était attaché au contrevent, le cardinal frappa trois coups et de certaine façon.

Un homme enveloppé d'un manteau sortit aussitôt et échangea quelques paroles rapides avec le cardinal; après quoi il remonta à cheval et repartit dans la direction de Surgères, qui était aussi celle de Paris.

— Avancez, messieurs, dit le cardinal.

— Vous m'avez dit la vérité, mes gentilshommes, dit-il en s'adressant aux trois mousquetaires, et il ne tiendra pas à moi que notre rencontre de ce soir ne vous soit avantageuse ; en attendant, suivez-moi.

Le cardinal mit pied à terre, les trois mousquetaires en firent autant ; le cardinal jeta la bride de son cheval aux mains de son écuyer, les trois mousquetaires attachèrent les brides des leurs aux contrevents.

L'hôte se tenait sur le seuil de la porte ; pour lui, le cardinal n'était qu'un officier venant visiter une dame.

— Avez-vous quelque chambre au rez-de-chaussée, où ces messieurs puissent m'attendre près d'un bon feu ? dit le cardinal.

L'hôte ouvrit la porte d'une grande salle, dans laquelle justement on venait de remplacer un mauvais poêle par une grande et excellente cheminée.

— J'ai celle-ci, dit-il.

— C'est bien, dit le cardinal ; entrez là, messieurs, et veuillez m'attendre, je ne serai pas plus d'une demi-heure.

Et, tandis que les trois mousquetaires entraient dans la chambre du rez-de-chaussée, le cardinal, sans demander plus amples renseignements, montait l'escalier en homme qui n'a pas besoin qu'on lui indique son chemin.

CHAPITRE V.

DE L'UTILITÉ DES TUYAUX DE POÊLE.

Il était évident que, sans s'en douter et mus seulement par leur caractère chevaleresque et aventureux, nos trois amis venaient de rendre service à quelqu'un que le cardinal honorait de sa protection particulière.

Maintenant, quel était ce quelqu'un? C'est la question que se firent d'abord les trois mousquetaires; puis, voyant qu'aucune des réponses que pouvait leur faire leur intelligence n'était satisfaisante, Porthos appela l'hôte et demanda des dés.

Porthos et Aramis se placèrent à une table et se mirent à jouer. Athos se promena en réfléchissant.

En réfléchissant et en se promenant, Athos passait et repassait devant le tuyau de poêle rompu par la moitié et dont l'autre extrémité donnait dans la chambre supérieure; et à chaque fois qu'il passait et repassait, il entendait un murmure de paroles qui finirent par fixer son attention. Athos s'approcha et il distingua quelques mots qui lui parurent sans doute mériter un si grand intérêt qu'il fit signe à ses deux compagnons de se taire, restant lui-même courbé l'oreille tendue à la hauteur de l'orifice inférieur.

— Écoutez, milady, disait le cardinal, l'affaire est importante; asseyez-vous là et causons.

— Milady! murmura Athos.

— J'écoute Votre Éminence avec la plus grande attention, répondit une voix de femme qui fit tressaillir le mousquetaire.

— Un petit bâtiment avec équipage anglais, dont le capitaine est à moi, vous attend à l'embouchure de la Charente, au fort de La Pointe; il mettra à la voile demain matin.

— Il faut alors que je m'y rende cette nuit?

— A l'instant même, c'est-à-dire lorsque vous aurez reçu mes instructions. Deux hommes que vous trouverez à la porte en sortant vous serviront d'escorte; vous me laisserez sortir le premier, puis, une demi-heure après moi, vous sortirez à votre tour.

— Oui, monseigneur. Maintenant, revenons à la mission dont vous voulez bien me charger; et, comme je tiens à continuer de mériter la confiance de Votre Éminence, daignez me l'exposer en termes clairs et précis, afin que je ne commette aucune erreur.

Il y eut un instant de profond silence entre les deux interlocuteurs; il était évident que le cardinal mesurait d'avance les termes dans lesquels il allait parler, et que milady recueillait toutes ses facultés intellectuelles pour comprendre les choses qu'il allait dire et les graver dans sa mémoire quand elles seraient dites.

Athos profita de ce moment pour dire à ses deux compagnons de fermer la porte en dedans et pour leur faire signe de venir écouter avec lui.

Les deux mousquetaires, qui aimaient leurs aises, apportèrent une chaise pour chacun d'eux, et une chaise pour Athos. Tous trois s'assirent alors, leurs têtes rapprochées et l'oreille au guet.

— Vous allez partir pour Londres, continua le cardinal. Arrivée à Londres, vous irez trouver Buckingham.

— Je ferai observer à Son Éminence, dit milady, que depuis l'affaire des ferrets de diamants, pour laquelle le duc m'a toujours soupçonnée, Sa Grâce se défie de moi.

—Aussi, cette fois-ci, dit le cardinal, ne s'agit-il plus de capter sa confiance, mais de se présenter franchement et loyalement à lui comme négociatrice.

— Franchement et loyalement, répéta milady avec une indicible expression de duplicité.

— Oui, franchement et loyalement,

reprit le cardinal du même ton; toute cette négociation doit être faite à découvert.

— Je suivrai à la lettre les instructions de Son Éminence, et j'attends qu'elle me les donne.

— Vous irez trouver Buckingham de ma part et vous lui direz que je sais tous les préparatifs qu'il fait, mais que je ne m'en inquiète guère, attendu qu'au premier mouvement qu'il risquera, je perds la reine.

— Croira-t-il que Votre Éminence est en mesure d'accomplir la menace qu'elle lui fait?

— Oui, car j'ai des preuves.

— Il faut que je puisse présenter ces preuves à son appréciation.

— Sans doute, et vous lui direz : que je publie le rapport de Bois-Robert et du marquis de Beautru sur l'entrevue que le duc a eue chez madame la connétable avec la reine, le soir que madame la connétable a donné une fête masquée ; vous lui direz, afin qu'il ne doute de rien, qu'il y est venu sous le costume de grand-Mogol que devait porter le chevalier de Guise et qu'il a acheté à ce dernier moyennant la somme de trois mille pistoles.

— Bien, monseigneur.

— Tous les détails de son entrée et de sa sortie pendant la nuit où il s'est introduit au palais sous le costume d'un diseur de bonne aventure italien; vous lui direz, pour qu'il ne doute pas encore de l'authenticité de mes renseignements, qu'il avait dans son manteau une grande robe blanche semée de larmes noires, de têtes de mort et d'os en sautoir : car en cas de surprise il devait se faire passer pour le fantôme de la Dame blanche qui, comme chacun le sait, revient au Louvre chaque fois que quelque grand événement va s'accomplir.

— Est-ce tout, monseigneur?

— Dites-lui que je sais encore tous les détails de l'aventure d'Amiens, que j'en ferai faire un petit roman, spirituellement tourné, avec un plan du jardin et les portraits des principaux acteurs de cette scène nocturne.

— Je lui dirai cela.

— Dites-lui encore : que je tiens Montaigu, que Montaigu est à la Bastille, qu'on n'a surpris aucune lettre sur lui, c'est vrai, mais que la torture peut lui faire dire ce qu'il sait et même... ce qu'il ne sait pas.

— A merveille.

— Enfin ajoutez que Sa Grâce a, dans la précipitation qu'elle a mise à quitter l'île de Ré, oublié dans son logis certaine lettre de madame de Chevreuse qui compromet singulièrement la reine, en ce qu'elle prouve non-seulement que Sa Majesté peut aimer les ennemis du roi, mais encore qu'elle conspire avec ceux de la France. Vous avez bien retenu tout ce que je vous ai dit, n'est-ce pas?

— Votre Éminence va en juger : le bal de madame la connétable; la nuit du Louvre; la soirée d'Amiens; l'arrestation de Montaigu; la lettre de madame de Chevreuse.

— C'est cela, dit le cardinal, c'est cela : vous avez une bien heureuse mémoire, milady.

— Mais, reprit celle à qui le cardinal venait d'adresser ce compliment flatteur, si malgré toutes ces raisons le duc ne se rend pas et continue de menacer la France?

— Le duc est amoureux comme un fou,

ou plutôt comme un niais, reprit Richelieu avec une profonde amertume; comme les anciens paladins, il n'a entrepris cette guerre que pour obtenir un regard de sa belle. S'il sait que cette guerre peut coûter l'honneur et peut-être la liberté à la dame de ses pensées, comme il dit, je vous réponds qu'il y regardera à deux fois.

— Et cependant, dit milady avec une persistance qui prouvait qu'elle voulait voir clair jusqu'au bout de la mission dont elle allait être chargée, cependant s'il persiste?

— S'il persiste, dit le cardinal... ce n'est pas probable.

— C'est possible, dit milady.

— S'il persiste... Son Éminence fit une

pose et reprit : S'il persiste, eh bien! j'espérerai dans un de ces événements qui changent la face des états.

— Si Son Éminence voulait me citer dans l'histoire quelques-uns de ces événements, dit milady, peut-être partagerais-je sa confiance dans l'avenir.

— Eh bien, tenez! par exemple, dit Richelieu, lorsqu'en 1610, pour une cause à peu près pareille à celle qui fait mouvoir le duc, le roi Henri IV, de glorieuse mémoire, allait à la fois envahir la Flandre et l'Italie pour frapper à la fois l'Autriche des deux côtés : eh bien! n'est-il pas arrivé un événement qui a sauvé l'Autriche! Pourquoi le roi de France n'aurait-il pas la même chance que l'empereur?

— Votre Éminence veut parler du coup de couteau de la rue de la Féronnerie.

— Justement, dit le cardinal.

— Votre Éminence ne craint-elle pas que le supplice de Ravaillac épouvante ceux qui auraient un instant l'idée de l'imiter?

— Il y aura en tout temps et dans tous les pays, surtout si ces pays sont divisés de religion, des fanatiques qui ne demanderont pas mieux que de se faire martyrs. Et, tenez justement! il me revient à cette heure que les puritains sont furieux contre le duc de Buckingham et que leurs prédicateurs le désignent comme l'antechrist.

— Eh bien! fit milady.

— Eh bien ! continua le cardinal d'un air indifférent, il ne s'agirait pour le moment, par exemple, que de trouver une femme, belle, jeune, adroite, qui eût à se venger elle-même du duc. Une pareille femme peut se rencontrer : le duc est homme à bonnes fortunes, et, s'il a semé bien des amours par ses promesses de constance éternelle, il a dû semer bien des haines aussi par ses éternelles infidélités.

— Sans doute, dit froidement milady, une pareille femme peut se rencontrer.

— Eh bien ! une pareille femme, qui mettrait le couteau de Jacques Clément ou de Ravaillac aux mains d'un fanatique. sauverait la France

— Oui, mais elle serait la complice d'un assassinat.

— A-t-on jamais connu les complices de Ravaillac ou de Jacques Clément?

— Non, car peut-être étaient-ils placés trop haut pour qu'on osât les aller chercher là où ils étaient : on ne brûlerait pas le Palais-de-Justice pour tout le monde, monseigneur.

— Vous croyez donc que l'incendie du Palais-de-Justice a une cause autre que celle du hasard? demanda Richelieu du ton dont il eût fait une question sans aucune importance.

— Moi, monseigneur, répondit milady, je ne crois rien, je cite un fait, voilà tout;

seulement je dis que si je m'appelais Mademoiselle de Montpensier ou la reine Marie de Médicis je prendrais moins de précautions que j'en prends, m'appelant tout simplement lady Clarick.

— C'est juste, dit Richelieu, et que voudriez-vous donc ?

— Je voudrais un ordre qui ratifiât d'avance tout ce que je croirai devoir faire pour le plus grand bien de la France.

— Mais il faudrait d'abord trouver la femme que j'ai dit, et qui aurait à se venger du duc.

— Elle est trouvée, dit milady.

— Puis, il faudrait trouver ce misérable

fanatique qui servira d'instrument à la justice de Dieu.

— On le trouvera.

— Eh bien ! dit le duc, alors il sera temps de réclamer l'ordre que vous demandiez tout à l'heure.

— Votre Éminence a raison, reprit milady, et c'est moi qui ai eu tort de voir dans la mission dont elle m'honore autre chose que ce qui y est réellement, c'est-à-dire d'annoncer à Sa Grâce, de la part de Son Éminence, que vous connaissez les différents déguisements à l'aide desquels il est parvenu à se rapprocher de la reine pendant la fête donnée par madame la connétable; que vous avez les preuves de l'entrevue accordée au Louvre par la reine à certain astrologue italien qui n'est autre que le duc de Buckingham ; que vous avez commandé un petit roman, des plus spirituels, sur l'aventure d'Amiens, avec plan du jardin où cette aventure s'est passée et portraits des acteurs qui y ont figuré; que Montaigu est à la Bastille, et que la torture peut lui faire dire les choses dont il se souvient et même les choses qu'il aurait oubliées; enfin, que vous possédez certaine lettre de madame de Chevreuse, trouvée dans le logis de Sa Grâce, qui compromet singulièrement, non-seulement celle qui l'a écrite, mais encore celle au nom de qui elle a été écrite. Puis, s'il persiste malgré tout cela; comme c'est à ce que je viens de dire que se borne ma mission, je n'aurai plus qu'à prier Dieu de faire un miracle pour sauver la France. C'est bien cela, n'est-ce pas, monseigneur, et je n'ai pas autre chose à faire ?

— C'est bien cela, reprit sèchement le cardinal.

— Et maintenant, dit milady sans paraître remarquer le changement de ton du duc à son égard ; maintenant que j'ai reçu les instructions de Votre Éminence à propos de ses ennemis, monseigneur me permettra-t-il de lui dire deux mots des miens ?

— Vous avez donc des ennemis ? demanda Richelieu.

— Oui, monseigneur ; des ennemis contre lesquels vous me devez tout votre appui, car je me les suis faits en servant Votre Éminence.

— Et lesquels ? répliqua le duc.

— Il y a d'abord une petite intrigante de Bonacieux.

— Elle est dans la prison de Mantes.

— C'est-à-dire qu'elle y était, reprit milady, mais la reine a surpris un ordre du roi, à l'aide duquel elle l'a fait transporter dans un couvent.

— Dans un couvent ? dit le duc.

— Oui, dans un couvent.

— Et dans lequel ?

— Je l'ignore, le secret a été bien gardé.

— Je le saurai, moi !

— Et Votre Éminence me dira dans quel couvent est cette femme ?

— Je n'y vois pas d'inconvénient, dit le cardinal.

— Bien ; maintenant, j'ai un autre ennemi bien autrement à craindre pour moi que cette petite madame Bonacieux.

— Et lequel ?

— Son amant.

— Comment s'appelle-t-il ?

— Oh ! Votre Éminence le connaît bien, s'écria milady emportée par la colère, c'est notre mauvais génie à tous deux ; c'est celui qui, dans une rencontre avec les gardes de Votre Éminence, a décidé la victoire en faveur des mousquetaires du roi ; c'est celui qui a donné trois coups d'épée à de Wardes, votre émissaire, et qui a fait échouer l'affaire des ferrets ; c'est celui enfin qui, sachant que c'était moi qui lui avais enlevé madame Bonacieux, a juré ma mort.

— Ah, ah ! dit le cardinal, je sais de qui vous voulez parler.

— Je veux parler de ce misérable d'Artagnan.

— C'est un hardi compagnon, dit le cardinal.

— Et c'est justement parce que c'est un hardi compagnon qu'il n'en est que plus à craindre.

— Il faudrait, dit le duc, avoir une

preuve de ses intelligences avec Buckingham.

— Une preuve ! s'écria milady, j'en aurai dix.

— Eh bien, alors ! c'est la chose la plus simple du monde, ayez moi cette preuve et je l'envoie à la Bastille.

— Bien, monseigneur ! mais ensuite?

— Quand on est à la Bastille il n'y a pas d'ensuite, dit le cardinal d'une voix sourde. Ah ! pardieu ! continua-t-il, s'il m'était aussi facile de me débarrasser de mon ennemi qu'il m'est facile de vous débarrasser des vôtres, et si c'était contre de pareils gens que vous me demandiez l'impunité!...

— Monseigneur, reprit milady, troc

pour troc, existence pour existence, homme pour homme; donnez-moi celui-là, je vous donne l'autre.

— Je ne sais pas ce que vous voulez dire, reprit le cardinal, et ne veux pas même le savoir; mais j'ai le désir de vous être agréable et ne vois aucun inconvénient à vous donner ce que vous me demandez à l'égard d'une si infime créature; d'autant plus, comme vous me le dites, que ce petit d'Artagnan est un libertin, un duelliste, un traître.

— Un infâme, monseigneur, un infâme!

— Donnez-moi donc du papier, une plume et de l'encre, dit le cardinal.

— En voici, monseigneur.

Il se fit un instant de silence qui prouvait que le cardinal était occupé à chercher les termes dans lesquels devait être écrit le billet, ou même à l'écrire. Athos, qui n'avait pas perdu un mot de la conversation, prit ses deux compagnons chacun par une main et les conduisit à l'autre bout de la chambre.

— Eh bien, dit Porthos, que veux-tu, et pourquoi ne nous laisses-tu pas écouter la fin de la conversation ?

— Chut ! dit Athos parlant à voix basse : nous en avons entendu tout ce qu'il est nécessaire que nous en entendions ; d'ailleurs je ne vous empêche pas d'écouter le reste, mais il faut que je sorte.

— Il faut que tu sortes ! dit Porthos ; mais si le cardinal te demande, que répondrons-nous ?

— Vous n'attendrez pas qu'il me demande, vous lui direz les premiers que je suis parti en éclaireur parce que certaines paroles de notre hôte m'ont donné à penser que le chemin n'était pas sûr; j'en toucherai d'ailleurs deux mots à l'écuyer du cardinal : le reste me regarde, ne t'en inquiète pas.

— Soyez prudent, Athos! dit Aramis.

— Soyez tranquille, répondit Athos; vous le savez, j'ai du sang-froid.

Porthos et Aramis allèrent reprendre leur place près du tuyau de poêle.

Quant à Athos, il sortit sans aucun mystère, alla prendre son cheval attaché avec ceux de ses deux amis aux tourniquets des contrevents, convainquit en quatre mots l'écuyer de la nécessité d'une avant-garde pour le retour, visita avec affectation l'amorce de son pistolet, mit l'épée aux dents et suivit, en enfant perdu, la route qui conduisait au camp.

CHAPITRE VI.

SCÈNE CONJUGALE.

Comme l'avait prévu Athos, le cardinal ne tarda point à descendre; il ouvrit la porte de la chambre où étaient entrés les mousquetaires et trouva Porthos faisant une partie de dés acharnée avec Aramis. D'un coup d'œil rapide il fouilla tous les coins de la salle et vit qu'un de ses hommes lui manquait.

— Qu'est devenu M. Athos? demanda-t-il.

— Monseigneur, répondit Porthos, il est parti en éclaireur sur quelques propos de notre hôte qui lui ont fait croire que la route n'était pas sûre.

— Et vous qu'avez-vous fait, monsieur Porthos?

— J'ai gagné cinq pistoles à Aramis.

— Et maintenant vous pouvez revenir avec moi?

— Nous sommes aux ordres de Votre Éminence.

— A cheval donc, messieurs, car il se fait tard.

L'écuyer était à la porte et tenait en bride le cheval du cardinal. Un peu plus loin, un groupe de deux hommes et de trois chevaux apparaissait dans l'ombre; ces deux hommes étaient ceux qui devaient conduire milady au fort de La Pointe et veiller à son embarquement.

L'écuyer confirma au cardinal ce que les deux mousquetaires lui avaient déjà dit à propos d'Athos. Le cardinal fit un geste approbateur et reprit la route, s'entourant au retour des mêmes précautions qu'il avait prises au départ.

Laissons-le suivre le chemin du camp, protégé par l'écuyer et les deux mousquetaires, et revenons à Athos.

Pendant une centaine de pas il avait

marché de la même allure, mais une fois hors de vue il avait lancé son cheval à droite, avait fait un détour et était revenu à une vingtaine de pas dans le taillis guetter le passage de la petite troupe : ayant reconnu les chapeaux bordés de ses compagnons et la frange dorée du manteau de monsieur le cardinal il attendit que les cavaliers eussent tourné l'angle de la route, et, les ayant perdus de vue, il revint au galop à l'auberge, qu'on lui ouvrit sans difficulté.

L'hôte le reconnut.

— Mon officier, dit Athos, a oublié de faire à la dame du premier une recommandation importante, et il m'envoie pour réparer son oubli.

— Montez, dit l'hôte, elle est encore dans la chambre.

Athos profita de la permission, monta l'escalier de son pas le plus léger, arriva sur le carré, et à travers la porte entr'ouverte il vit milady qui attachait son chapeau.

Il entra dans la chambre et referma la porte derrière lui.

Au bruit qu'il fit en repoussant le verrou, milady se retourna.

Athos était debout devant la porte, enveloppé dans son manteau, son chapeau rabattu sur ses yeux.

En voyant cette figure muette et immobile comme une statue, milady eut peur.

— Qui êtes-vous et que demandez-vous? s'écria-t-elle.

— Allons, c'est bien elle! murmura Athos.

Et laissant tomber son manteau et relevant son feutre, il s'avança vers milady.

— Me reconnaissez-vous, madame? dit-il.

Milady fit un pas en avant, puis recula comme à la vue d'un serpent.

— Allons, dit Athos, c'est bien, je vois que vous me reconnaissez.

— Le comte de La Fère! murmura milady en pâlissant et en reculant jusqu'à ce que la muraille l'empêchât d'aller plus loin.

— Oui, milady, répondit Athos, le

comte de La Fère en personne, qui revient tout exprès de l'autre monde pour avoir le plaisir de vous voir. Asseyons-nous donc et causons, comme dit M. le cardinal.

Milady, dominée par une terreur inexprimable, s'assit sans proférer une seule parole.

— Vous êtes donc un démon envoyé sur la terre! dit Athos. Votre puissance est grande, je le sais, mais vous savez aussi qu'avec l'aide de Dieu les hommes ont souvent vaincu les démons les plus terribles. Vous vous êtes déjà trouvée sur mon chemin, je croyais vous avoir terrassée, madame, mais ou je me trompai, ou l'enfer vous a ressuscitée.

Milady, à ces paroles qui lui rappelaient

des souvenirs effroyables, baissa la tête avec un gémissement sourd.

— Oui, l'enfer vous a ressuscitée, reprit Athos, l'enfer vous a faite riche, l'enfer vous a donné un autre nom, l'enfer vous a presque refait même un autre visage, mais il n'a effacé ni les souillures de votre âme, ni la flétrissure de votre corps.

Milady se leva comme mue par un ressort et ses yeux lancèrent des éclairs. Athos resta assis.

— Vous me croyiez mort, n'est-ce pas! comme je vous croyais morte; et ce nom d'Athos avait caché le comte de La Fère, comme le nom de milady Clarick avait caché Anne de Breuil! N'était-ce pas ainsi que vous vous appeliez quand votre honoré frère nous a mariés! Notre position est vraiment étrange, poursuivit Athos en riant; nous n'avons vécu jusqu'à présent l'un et l'autre que parce que nous nous croyions morts et qu'un souvenir gêne moins qu'une créature, quoique ce soit chose dévorante parfois qu'un souvenir!

— Mais enfin, dit milady d'une voix sourde, qui vous ramène vers moi, et que me voulez-vous?

— Je veux vous dire que, tout en restant invisible à vos yeux, je ne vous ai pas perdue de vue, moi!

— Vous savez ce que j'ai fait?

— Je puis vous raconter jour par jour vos actions, depuis votre entrée au service du cardinal jusqu'à ce soir.

Un sourire d'incrédulité passa sur les lèvres pâles de milady.

— Écoutez : c'est vous qui avez coupé les deux ferrets de diamants sur l'épaule du duc de Buckingham ; c'est vous qui avez fait enlever madame Bonacieux ; c'est vous qui, amoureuse de de Wardes et croyant passer la nuit avec lui, avez ouvert votre porte à M. d'Artagnan ; c'est vous qui, croyant que de Wardes vous avait trompée, avez voulu le faire tuer par son rival ; c'est vous qui, lorsque ce rival eut découvert votre infâme secret, avez voulu le faire tuer à son tour par deux assassins que vous avez envoyés à sa poursuite ; c'est vous qui, voyant que les balles avaient manqué leur coup, avez envoyé du vin empoisonné avec une fausse lettre pour faire croire à votre victime que ce vin venait de ses amis ; c'est vous enfin qui venez là, dans cette chambre, assise sur cette chaise où je suis assis, de prendre avec le cardinal de Richelieu l'engagement de faire assassiner le duc de Buckingham en échange de la promesse qu'il vous a faite de vous laisser assassiner d'Artagnan.

Milady était livide.

— Mais vous êtes donc Satan ! dit-elle.

— Peut-être, dit Athos; mais, en tout cas, écoutez bien ceci : Assassinez ou faites assassiner le duc de Buckingham, peu m'importe ! je ne le connais pas, d'ailleurs c'est un Anglais; mais ne touchez pas du bout du doigt à un seul cheveu de d'Artagnan, qui est un fidèle ami que j'aime et que je défends, ou, je vous le jure par la tête de mon père, le crime que vous aurez essayé de commettre ou que vous aurez commis sera le dernier.

— M. d'Artagnan m'a cruellement offensée, dit milady d'une voix sourde; M. d'Artagnan mourra.

— En vérité, cela est-il possible, qu'on vous offense, madame, dit en riant Athos, il vous a offensée et il mourra!

— Il mourra, reprit milady; elle d'abord, lui ensuite.

Athos fut saisi comme d'un vertige; la vue de cette créature, qui n'avait rien d'une femme, lui rappelait des souvenirs dévorants ; il pensa qu'un jour, dans une situation moins dangereuse que celle où il se trouvait, il avait déjà voulu la sacrifier à son honneur : son désir de meurtre lui revint brûlant et l'envahit comme une immense fièvre ; il se leva à son tour, porta la main à sa ceinture, en tira un pistolet, et l'arma.

Milady, pâle comme un cadavre, voulut crier, mais sa langue glacée ne put proférer qu'un son rauque qui n'avait rien de la parole humaine et qui semblait le râle d'une bête fauve ; collée contre la sombre tapisserie, elle apparaissait, les cheveux épars, comme l'image effrayante de la terreur.

Athos leva lentement son pistolet, étendit le bras de manière que l'arme touchâ presque le front de milady, puis d'une voix d'autant plus terrible qu'elle avait le calme suprême d'une inflexible résolution :

— Madame, dit-il, vous allez à l'instant même me remettre le papier que vous a signé le cardinal ou, sur mon âme, je vous fais sauter la cervelle.

Avec un autre homme milady aurait pu conserver quelque doute, mais elle connaissait Athos ; cependant elle resta immobile.

— Vous avez une seconde pour vous décider, dit-il.

Milady vit à la contraction de son visage que le coup allait partir ; elle porta vivement la main à sa poitrine, en tira un papier et le tendit à Athos.

— Tenez, dit-elle, et soyez maudit !

Athos prit le papier, repassa le pistolet à sa ceinture, s'approcha de la lampe pour s'assurer que c'était bien celui-là, le déplia et lut :

« *C'est par mon ordre et pour le bien de*
» *l'État que le porteur du présent a fait ce qu'il*
» *a fait.*

» 3 *décembre*, 1627.

» RICHELIEU. »

— Et maintenant, dit Athos en reprenant son manteau et en replaçant son feutre sur sa tête, maintenant que je t'ai arraché les dents, vipère, mords si tu peux.

Et il sortit de la chambre sans même regarder en arrière.

A la porte il trouva les deux hommes et le cheval qu'ils tenaient en main.

— Messieurs, dit-il, l'ordre de monseigneur, vous le savez, est de conduire cette femme, sans perdre de temps, au fort de La Pointe et de ne la quitter que lorsqu'elle sera à bord.

Comme ses paroles s'accordaient effectivement avec l'ordre qu'ils avaient reçu, ils inclinèrent la tête en signe d'assentiment.

Quant à Athos, il se mit légèrement en selle et partit au galop seulement; au lieu de suivre la route il prit à travers champs, piquant avec vigueur son cheval et de temps en temps s'arrêtant pour écouter.

Dans une de ces haltes, il entendit sur la

route le pas de plusieurs chevaux. Il ne douta point que ce ne fût le cardinal et son escorte. Aussitôt il fit une nouvelle pointe en avant, bouchonna son cheval avec de la bruyère et des feuilles d'arbres, et vint se mettre en travers de la route à deux cents pas du camp à peu près.

— Qui vive ! cria-t-il de loin quand il aperçut les cavaliers.

— C'est notre brave mousquetaire, je crois ! dit le cardinal.

— Oui, monseigneur, répondit Porthos, c'est lui-même.

—Monsieur Athos, dit Richelieu, recevez tous mes remercîments pour la bonne garde que vous nous avez faite. Messieurs, nous voici arrivés; prenez la porte à gauche, le mot d'ordre est *roi* et *Ré*.

En disant ces mots le cardinal salua de la tête les trois amis, et prit à droite suivi de son écuyer; car, cette nuit-là, lui-même couchait au camp.

— Eh bien ! dirent ensemble Porthos et Aramis lorsque le cardinal fut hors de la portée de la voix, eh bien ! il a signé le papier qu'elle demandait !

— Je le sais, dit tranquillement Athos, puisque le voici.

Et les trois amis n'échangèrent plus une seule parole jusqu'à leur quartier, excepté pour donner le mot d'ordre aux sentinelles.

Seulement, on envoya Mousqueton dire à Planchet que son maître était prié, en relevant de tranchée, de se rendre à l'instant même au logis des mousquetaires.

D'un autre côté, comme l'avait prévu Athos, milady, en retrouvant à la porte les hommes qui l'attendaient, ne fit aucune difficulté de les suivre; elle avait bien eu l'envie, un instant, de se faire reconduire devant le cardinal et de lui tout raconter, mais une révélation de sa part amenait une révélation de la part d'Athos : elle dirait bien qu'Athos l'avait pendue, mais Athos dirait qu'elle était marquée; elle pensa qu'il valait donc encore mieux garder le silence, partir discrètement, accomplir avec son habileté ordinaire la mission difficile dont elle s'était chargée, puis, toutes choses accomplies à la satisfaction du cardinal, venir lui réclamer sa vengeance.

En conséquence, après avoir voyagé toute la nuit, à sept heures du matin elle était au fort de La Pointe, à huit heures elle était embarquée, et à neuf heures le bâtiment qui, avec des lettres de marque du cardinal, était censé être en partance pour Bayonne, levait l'ancre et faisait voile pour l'Angleterre.

CHAPITRE VII.

LE BASTION SAINT-GERVAIS.

En arrivant chez ses trois amis, d'Artagnan les trouva réunis dans la même chambre : Athos réfléchissait, Porthos frisait sa moustache, Aramis disait ses prières dans un charmant petit livre d'Heures relié en velours bleu.

— Pardieu, dit-il, messieurs ! j'espère que ce que vous avez à me dire en vaut la peine, sans cela je vous préviens que je ne vous pardonne pas de m'avoir fait venir, au lieu de me laisser reposer après une nuit passée à prendre et à démanteler un bastion. Ah ! que n'étiez-vous là, messieurs ! il y a fait chaud !

— Nous étions ailleurs, où il ne faisait pas froid non plus ! répondit Porthos tout en faisant prendre à sa moustache un pli qui lui était particulier.

— Chut ! dit Athos.

— Oh, oh ! fit d'Artagnan comprenant le léger froncement de sourcil du mousquetaire, il paraît qu'il y a du nouveau ici.

— Aramis, dit Athos, vous avez été déjeuner avant hier à l'auberge du Parpaillot, je crois ?

— Oui.

— Comment est-on là ?

— Mais, j'ai fort mal mangé pour mon compte, avant-hier était un jour maigre, et ils n'avaient que du gras.

— Comment ! dit Athos, dans un port de mer ils n'ont pas de poisson ?

— Ils disent, reprit Aramis en se remettant à sa pieuse lecture, que la digue que fait bâtir M. le cardinal les chasse en pleine mer.

— Mais, ce n'est pas cela que je vous demandais, Aramis, reprit Athos ; je vous demandais si vous aviez été bien libre, et si personne ne vous avait dérangé ?

— Mais il me semble que nous n'avons pas eu trop d'importuns; oui, au fait, pour ce que vous voulez dire, Athos, nous serons assez bien au Parpaillot.

— Allons donc au Parpaillot, dit Athos, car ici les murailles sont comme des feuilles de papier.

D'Artagnan, qui était habitué aux manières de faire de son ami, et qui reconnaissait tout de suite à une parole, à un geste, à un signe de lui, que les circonstances étaient graves, prit le bras d'Athos et sortit avec lui sans rien dire; Porthos suivit en devisant avec Aramis.

En route, on rencontra Grimaud; Athos lui fit signe de suivre : Grimaud, selon son habitude, obéit en silence; le pauvre garçon avait à peu près fini par désapprendre de parler.

On arriva à la buvette du Parpaillot : il était sept heures du matin, le jour commençait à paraître; les trois amis commandèrent à déjeuner, et entrèrent dans une salle où, au dire de l'hôte, ils ne devaient pas être dérangés.

Malheureusement l'heure était mal choisie pour un conciliabule : on venait de battre la diane, chacun secouait le sommeil de la nuit et, pour chasser l'air humide du matin, venait boire la goutte à la buvette; dragons, Suisses, gardes, mousquetaires, chevau-légers se succédaient avec une rapidité qui devait très-bien faire les affaires de l'hôte, mais qui remplissait fort mal les vues des quatre amis. Aussi répondaient-ils d'une manière fort maussade aux saluts, aux toasts et aux lazzis de leurs compagnons.

— Allons ! dit Athos, nous allons nous faire quelque bonne querelle : et nous n'avons pas besoin de cela en ce moment. D'Artagnan, racontez-nous votre nuit; nous vous raconterons la nôtre après.

— En effet, dit un chevau-léger qui se dandinait en tenant à la main un verre d'eau-de-vie qu'il dégustait lentement; en effet, vous étiez de tranchée cette nuit, messieurs les gardes, et il me semble que vous avez eu maille à partir avec les Rochelais?

D'Artagnan regarda Athos pour savoir s'il devait répondre à cet intrus qui se mêlait à la conversation.

— Eh bien, dit Athos, n'entends-tu pas M. de Busigny, qui te fait l'honneur de t'adresser la parole! Raconte ce qui s'est passé cette nuit, puisque ces messieurs désirent le savoir.

— N'avre-bous bas bris un pastion? demanda un Suisse qui buvait du rhum dans un verre à bière.

— Oui, monsieur, répondit d'Artagnan en s'inclinant, nous avons eu cet honneur; nous avons même, comme vous avez pu l'entendre, introduit sous un des angles un baril de poudre qui, en éclatant, a fait une fort jolie brèche: sans compter que, comme le bastion n'était pas d'hier, tout le reste de la bâtisse s'en est trouvé fort ébranlé.

— Et quel bastion est-ce? demanda un dragon qui tenait enfilée à son sabre une oie qu'il apportait à faire cuire.

— Le bastion Saint-Gervais, répondit d'Artagnan, derrière lequel les Rochelais inquiétaient nos travailleurs.

— Et l'affaire a été chaude?

— Mais, oui; nous y avons perdu cinq hommes, et les Rochelais huit ou dix.

— Balzampleu! fit le Suisse, qui, malgré

l'admirable collection de jurons que possède la langue allemande, avait pris l'habitude de jurer en français.

— Mais il est probable, dit le chevau-léger, qu'ils vont, ce matin, envoyer des pionniers pour remettre le bastion en état.

— Oui, c'est probable, dit d'Artagnan.

— Messieurs, dit Athos, un pari !

— Ah ! woui ! un bari ! dit le Suisse.

— Lequel ? demanda le chevau-léger.

— Attendez, dit le dragon en posant son sabre comme une broche sur les deux grands chenets de fer qui soutenaient le feu de la cheminée, j'en suis. Hôtelier de malheur ! une lèchefrite tout de suite, que je ne perde pas une goutte de la graisse de cette estimable volaille.

— Il avre raison, dit le Suisse, la graisse t'oie, il est très-ponne avec des gonfitures.

— Là ! dit le dragon. Maintenant, voyons le pari ! Nous écoutons, monsieur Athos !

— Oui, le pari ! dit le chevau-léger.

— Eh bien, monsieur de Busigny, je parie avec vous, dit Athos, que mes trois compagnons, MM. Porthos, Aramis, d'Artagnan et moi, nous allons déjeuner dans le bastion Saint-Gervais et que nous y tenons une heure, montre à la main, quelque chose que fasse l'ennemi pour nous déloger.

Porthos et Aramis se regardèrent, ils commençaient à comprendre.

— Mais, dit d'Artagnan en se penchant à l'oreille d'Athos, tu vas nous faire tuer sans miséricorde.

— Nous sommes bien plus tués, répondit Athos, si nous n'y allons pas.

— Ah, ma foi ! messieurs, dit Porthos en se renversant sur sa chaise et en frisant sa moustache, voici un beau pari, j'espère.

— Aussi je l'accepte, dit M. de Busigny; maintenant il s'agit de fixer l'enjeu.

— Mais vous êtes quatre, messieurs, dit Athos, nous sommes quatre; un dîner à discrétion pour huit, cela vous va t-il?

— A merveille, reprit M. de Busigny.

— Parfaitement, dit le dragon.

— Ça me fa, dit le Suisse. Le quatrième auditeur, qui, dans toute cette conversation, avait joué un rôle muet, fit un signe de la tête en preuve qu'il acquiesçait à la proposition.

— Le déjeuner de ces messieurs est prêt, dit l'hôte.

— Eh bien ! apportez-le, dit Athos.

L'hôte obéit. Athos appela Grimaud, lui montra un grand panier qui gisait dans un coin et fit le geste d'envelopper dans les serviettes les viandes apportées.

Grimaud comprit à l'instant même qu'il

s'agissait d'un déjeuner sur l'herbe, prit le panier, empaqueta les viandes, y joignit les bouteilles et prit le panier à son bras.

— Mais, où allez-vous manger mon déjeuner? dit l'hôte.

—Que vous importe, dit Athos, pourvu qu'on vous le paye?

Et il jeta majestueusement deux pistoles sur la table.

— Faut-il vous rendre, mon officier? dit l'hôte.

— Non, ajoute seulement deux bouteilles de vin de Champagne et la différence sera pour les serviettes.

L'hôte ne faisait pas une aussi bonne affaire qu'il l'avait cru d'abord, mais il se rattrapa en glissant aux quatre convives deux bouteilles de vin d'Anjou au lieu de deux bouteilles de vin de Champagne.

— Monsieur de Busigny, dit Athos, voulez-vous bien régler votre montre sur la mienne, ou me permettre de régler la mienne sur la vôtre ?

— A merveille, monsieur ! dit le chevau-léger en tirant de son gousset une fort belle montre entourée de diamants : sept heures et demie, dit-il.

— Sept heures trente-cinq minutes, dit Athos ; nous saurons que j'avance de cinq minutes sur vous, monsieur.

— Et, saluant les assistants ébahis, les

quatre jeunes gens prirent le chemin du bastion Saint-Gervais, suivis de Grimaud, qui portait le panier, ignorant où il allait, mais, dans l'obéissance passive dont il avait pris l'habitude avec Athos, ne songeant pas même à le demander.

Tant qu'ils furent dans l'enceinte du camp, les quatre amis n'échangèrent pas une parole; d'ailleurs ils étaient suivis par les curieux qui, connaissant le pari engagé, voulaient savoir comment ils s'en tireraient. Mais une fois qu'ils eurent franchi la ligne de circonvallation et qu'ils se trouvèrent en plein air, d'Artagnan, qui ignorait complétement ce dont il s'agissait, crut qu'il était temps de demander une explication.

— Et maintenant, mon cher Athos,

dit-il, faites-moi l'amitié de m'apprendre où nous allons ?

— Vous le voyez bien, dit Athos, nous allons au bastion.

— Mais qu'y allons-nous faire ?

— Vous le savez bien, nous y allons déjeuner.

— Mais pourquoi n'avons-nous pas déjeuné au Parpaillot ?

— Parce que nous avons des choses fort importantes à nous dire, et qu'il était impossible de causer cinq minutes dans cette auberge avec tous ces importuns qui vont, qui viennent, qui saluent, qui accostent; ici, du moins, continua Athos en montrant le bastion, on ne viendra pas nous déranger.

— Il me semble, dit d'Artagnan avec cette prudence qui s'alliait si bien et si naturellement chez lui à une excessive bravoure, il me semble que nous aurions pu trouver quelque endroit écarté dans les dunes, au bord de la mer.

— Où l'on nous aurait vus conférer tous les quatre ensemble, de sorte qu'au bout d'un quart d'heure le cardinal eût été prévenu par ses espions que nous tenions conseil.

— Oui, dit Aramis, Athos a raison : *Animadvertuntur in desertis.*

— Un désert n'aurait pas été mal, dit Porthos, mais il s'agissait de le trouver.

— Il n'y a pas de désert où un oiseau

ne puisse passer au-dessus de la tête, où un poisson ne puisse sauter au-dessus de l'eau, où un lapin ne puisse partir de son gîte, et je crois qu'oiseau, poisson, lapin, tout s'est fait espion du cardinal. Mieux vaut donc poursuivre notre entreprise, devant laquelle, d'ailleurs, nous ne pouvons plus reculer sans honte; nous avons fait un pari, un pari qui ne pouvait être prévu, et dont je défie qui que ce soit de deviner la véritable cause : nous allons, pour le gagner, tenir une heure dans le bastion. Ou nous serons attaqués ou nous ne le serons pas. Si nous ne le sommes pas, nous aurons tout le temps de causer et personne ne nous entendra, car je réponds que les murs de ce bastion n'ont pas d'oreilles; si nous le sommes, nous causerons de nos affaires tout de même, et, de plus, tout en nous défendant, nous nous couvrons de gloire. Vous voyez bien que tout est bénéfice.

— Oui, dit d'Artagnan, mais nous attrapons indubitablement une balle.

—Eh, mon cher ! dit Athos, vous savez bien que les balles le plus à craindre ne sont pas celles de l'ennemi.

— Mais il me semble que pour une pareille expédition, dit Porthos, nous aurions dû au moins emporter nos mousquets.

— Vous êtes un niais, ami Porthos; pourquoi nous charger d'un fardeau inutile ?

— Je ne trouve pas inutile en face de

l'ennemi un bon mousquet de calibre avec douze cartouches à sa poire à poudre.

— Oh, bien! dit Athos, n'avez-vous pas entendu ce qu'a dit d'Artagnan?

— Qu'a dit d'Artagnan? demanda Porthos.

— D'Artagnan a dit que dans l'attaque de cette nuit il y avait eu huit ou dix Français de tués et autant de Rochelais.

— Après?

— On n'a pas eu le temps de les dépouiller, n'est-ce pas! attendu qu'on avait autre chose pour le moment de plus pressé à faire.

— Eh bien!

— Eh, bien! nous allons trouver leurs mousquets, leurs poires à poudre et leurs cartouches, et au lieu de quatre mousquetons et de douze balles, nous allons avoir une quinzaine de fusils et une centaine de coups à tirer.

— O Athos! dit Aramis, tu es véritablement un grand homme!

Porthos inclina la tête en signe d'adhésion.

D'Artagnan seul ne paraissait pas complétement convaincu.

Sans doute Grimaud partageait les doutes du jeune homme ; car, voyant que l'on continuait de marcher vers le bastion, chose dont il avait douté jusqu'alors, il tira son maître par le pan de son habit.

— Où allons-nous? demanda-t-il par geste.

Athos lui montra le bastion.

—Mais, dit, toujours dans le même dialecte, le silencieux Grimaud, nous y laisserons notre peau.

Athos leva les yeux et le doigt vers le ciel.

Grimaud posa son panier à terre et s'assit en secouant la tête.

Athos prit à sa ceinture un pistolet, regarda s'il était bien amorcé, l'arma et approcha le canon de l'oreille de Grimaud.

Grimaud se retrouva sur ses jambes comme par un ressort.

Athos alors lui fit signe de prendre le panier et de marcher devant.

Grimaud obéit.

Tout ce qu'avait gagné le pauvre garçon à cette pantomime d'un instant, c'est qu'il était passé de l'arrière-garde à l'avant-garde.

Arrivés au bastion, les quatre amis se retournèrent.

Plus de trois cents soldats de toute arme étaient assemblés à la porte du camp, et dans un groupe séparé on pouvait distinguer M. de Busigny, le dragon, le Suisse et le quatrième parieur.

Athos ôta son chapeau, le mit au bout de son épée et l'agita en l'air.

Tous les spectateurs lui rendirent son salut, accompagnant cette politesse d'un grand hourra qui arriva jusqu'à eux.

Après quoi, ils disparurent tous quatre dans le bastion, où les avait déjà précédés Grimaud.

CHAPITRE VIII.

LE CONSEIL DES MOUSQUETAIRES.

Comme l'avait prévu Athos, le bastion n'était occupé que par une douzaine de morts, tant Français que Rochelais.

— Messieurs, dit Athos qui avait pris le commandement de l'expédition, tandis que Grimaud va mettre la table, commençons par recueillir les fusils et les cartouches; nous pouvons d'ailleurs causer tout en accomplissant cette besogne. Ces messieurs, ajouta-t-il en montrant les morts, ne nous écoutent pas.

— Mais nous pourrions toujours les jeter dans le fossé, dit Porthos, après toutefois nous être assurés qu'ils n'ont rien dans leurs poches.

— Oui, dit Athos, c'est l'affaire de Grimaud.

— Ah bien alors, dit d'Artagnan, que Grimaud les fouille et les jette par-dessus les murailles.

— Gardons-nous-en bien, dit Athos, ils peuvent nous servir.

— Ces morts peuvent nous servir? dit Porthos. Ah çà! tu deviens fou, cher ami.

— Ne jugez pas témérairement, disent l'Évangile et M. le cardinal, répondit Athos; combien de fusils, messieurs?

— Douze, répondit Aramis.

— Combien de coups à tirer?

— Une centaine.

— C'est tout autant qu'il nous en faut; chargeons les armes.

Les quatre mousquetaires se mirent à la besogne; comme ils achevaient de charger le dernier fusil, Grimaud fit signe que le déjeuner était servi.

Athos répondit, toujours par geste, que c'était bien, et indiqua à Grimaud une espèce de poivrière où celui-ci comprit qu'il se devait tenir en sentinelle. Seulement, pour adoucir l'ennui de sa faction, Athos lui permit d'emporter un pain, deux côtelettes et une bouteille de vin.

— Et maintenant, à table, dit Athos.

— Les quatre amis s'assirent à terre, les jambes croisées comme des Turcs ou comme des tailleurs.

— Ah maintenant, dit d'Artagnan, que tu n'as plus la crainte d'être entendu, j'espère que tu vas nous faire part de ton secret.

— J'espère que je vous procure à la

fois de l'agrément et de la gloire, messieurs, dit Athos. Je vous ai fait faire une promenade charmante ; voici un déjeuner des plus succulents, et cinq cents personnes là-bas, comme vous pouvez les voir à travers les meurtrières, qui nous prennent pour des fous ou pour des héros, deux classes d'imbéciles qui se ressemblent assez.

— Mais ce secret? dit d'Artagnan.

— Le secret, dit Athos, c'est que j'ai vu milady hier soir.

D'Artagnan portait son verre à ses lèvres ; mais à ce nom de milady, la main lui trembla si fort qu'il le posa à terre pour ne pas en répandre le contenu.

— Tu as vu ta fem...

— Chut donc! interrompit Athos; vous oubliez, mon cher, que ces messieurs ne sont pas initiés comme vous dans le secret de mes affaires de ménage; j'ai vu milady.

— Et où cela? demanda d'Artagnan.

— A deux lieues d'ici à peu près, à l'auberge du Colombier-Rouge.

— En ce cas, je suis perdu, dit d'Artagnan.

— Non, pas tout à fait encore, reprit Athos; car, à cette heure, elle doit avoir quitté les côtes de France.

D'Artagnan respira.

— Mais, au bout du compte, demanda

Porthos, mais qu'est-ce donc que cette milady?

— Une femme charmante, dit Athos en dégustant un verre de vin mousseux. Canaille d'hôtelier! s'écria-t-il, qui nous donne du vin d'Anjou pour du vin de Champagne, et qui croit que nous nous y laisserons prendre! Oui, continua-t-il, une femme charmante qui a eu des bontés pour notre ami d'Artagnan, qui lui a fait je ne sais quelle noirceur dont elle a essayé de se venger, il y a un mois, en voulant le faire tuer à coups de mousquet; il y a huit jours, en essayant de l'empoisonner, et hier en demandant sa tête au cardinal.

— Comment! en demandant ma tête au cardinal? s'écria d'Artagnan, pâle de terreur.

Ça, dit Porthos, c'est vrai comme l'Évangile; je l'ai entendu de mes deux oreilles.

— Moi aussi, dit Aramis.

— Alors, dit d'Artagnan en laissant tomber son bras avec découragement, il est inutile de lutter plus long-temps; autant vaut que je me brûle la cervelle, et que tout soit fini.

— C'est la dernière sottise qu'il faut faire, dit Athos, attendu que c'est la seule à laquelle il n'y ait pas de remède.

— Mais je n'en réchapperai jamais, dit d'Artagnan, avec des ennemis pareils. D'abord mon inconnu de Meung; ensuite de Wardes à qui j'ai donné trois coups d'épée ; puis milady dont j'ai surpris le secret; enfin le cardinal dont j'ai fait échouer la vengeance.

— Eh bien ! dit Athos, tout cela ne fait que quatre et nous sommes quatre, un contre un. Pardieu ! si nous en croyons les signes que nous fait Grimaud, nous allons avoir affaire à un bien autre nombre de gens. Qu'y a-t-il, Grimaud ? dit Athos. Moyennant la gravité de la circonstance, je vous permets de parler, mon ami ; mais soyez laconique, je vous prie. Que voyez-vous ?

— Une troupe.

— De combien de personnes ?

— De vingt hommes.

— Quels hommes?

— Seize pionniers, quatre soldats.

— A combien de pas sont-ils?

— A cinq cents pas.

— Bon, nous avons encore le temps d'achever cette volaille et de boire un verre de vin à ta santé, d'Artagnan!

— A ta santé! répétèrent Porthos et Aramis.

— Eh bien donc, à ma santé! quoique je ne croie pas que vos souhaits me servent à grand'chose.

— Bah! dit Athos, Dieu est grand, comme disent les sectateurs de Mahomet, et l'avenir est dans ses mains.

Puis, avalant le contenu de son verre qu'il reposa près de lui, Athos se leva nonchalamment, prit le premier fusil venu et s'approcha d'une meurtrière.

Porthos, Aramis et d'Artagnan en firent autant. Quant à Grimaud, il reçut l'ordre de se placer derrière les quatre amis afin de recharger les armes.

Au bout d'un instant on vit paraître la troupe, elle suivait une espèce de boyau de tranchée qui établissait uue communication entre le bastion et la ville.

— Pardieu ! dit Athos, c'était bien la peine de nous déranger pour une vingtaine de drôles armés de pioches, de hoyaux et de pelles ! Grimaud n'aurait eu qu'à leur faire signe de s'en aller, et je suis convaincu qu'ils nous eussent laissés tranquilles.

— J'en doute, dit d'Artagnan, car ils avancent fort résolument de ce côté. D'ailleurs, il y a avec les travailleurs quatre soldats et un brigadier armés de mousquets.

— C'est qu'ils ne nous ont pas vus, dit Athos.

— Ma foi ! dit Aramis, j'avoue que j'ai répugnance à tirer sur ces pauvres diables de bourgeois.

— Mauvais prêtre, dit Porthos, qui a pitié des hérétiques !

— En vérité, dit Athos, Aramis a raison et je vais les prévenir.

— Que diable faites-vous donc? dit d'Artagnan, vous allez vous faire fusiller, mon cher.

Mais Athos ne tint aucun compte de l'avis, et, montant sur la brèche, son fusil d'une main et son chapeau de l'autre :

— Messieurs, dit-il en s'adressant aux soldats et aux travailleurs, qui, étonnés de cette apparition, s'arrêtaient à cinquante pas environ du bastion, et en les saluant courtoisement, messieurs, nous sommes, quelques amis et moi, en train de déjeuner dans ce bastion. Or, vous savez que rien n'est désagréable comme d'être dérangé quand on déjeune; nous vous prions donc, si vous avez absolument affaire ici, d'attendre que nous ayons fini notre repas, ou de repasser plus tard; à moins qu'il ne vous prenne la salutaire envie de quitter le parti de la rébellion et de venir boire avec nous à la santé du roi de France.

— Prends garde, Athos ! s'écria d'Artagnan ; ne vois-tu pas qu'ils te mettent en joue ?

— Si fait, si fait, dit Athos, mais ce sont des bourgeois qui tirent fort mal, et qui n'ont garde de me toucher.

En effet, au même instant quatre coups de fusil partirent, et les balles vinrent s'aplatir autour d'Athos, mais sans qu'une seule le touchât.

Quatre coups de fusil leur répondirent

presque en même temps, mais ils étaient mieux dirigés que ceux des agresseurs : trois soldats tombèrent tués roide, et un des travailleurs fut blessé.

— Grimaud, un autre mousquet ! dit Athos toujours sur la brèche.

Grimaud obéit aussitôt. De leur côté, les trois amis avaient chargé leurs armes ; une seconde décharge suivit la première : le brigadier et deux pionniers tombèrent morts ; le reste de la troupe prit la fuite.

— Allons, messieurs, une sortie, dit Athos.

Et les quatre amis, s'élançant hors du fort, parvinrent jusqu'au champ de bataille, ramassèrent les quatre mousquets des soldats et la demi-pique du brigadier, et, convaincus que les fuyards ne s'arrêteraient qu'à la ville, reprirent le chemin du bastion, rapportant les trophées de leur victoire.

— Rechargez les armes, Grimaud, dit Athos, et nous, messieurs, reprenons notre déjeuner et continuons notre conversation : où en étions-nous ?

— Je me le rappelle, dit d'Artagnan, tu disais qu'après avoir demandé ma tête au cardinal, milady avait quitté les côtes de France.

— Et où va-t-elle ? ajouta d'Artagnan qui se préoccupait fort de l'itinéraire que devait suivre milady.

—Elle va en Angleterre, répondit Athos.

— Et dans quel but?

— Dans le but d'assassiner ou de faire assassiner Buckingham.

D'Artagnan poussa une exclamation de surprise et d'indignation.

— Mais c'est infâme ! s'écria-t-il.

— Oh ! quant à cela, dit Athos, je vous prie de croire que je m'en inquiète fort peu. Maintenant que vous avez fini, Grimaud, continua Athos, prenez la demi-pique de notre brigadier, attachez-y une serviette et plantez-la au haut de notre bastion, que ces rebelles de Rochelais voient qu'ils ont affaire à de braves et loyaux soldats du roi.

Grimaud obéit sans répondre; un instant après le drapeau blanc flottait au-dessus de la tête des quatre amis : un tonnerre d'applaudissements salua son apparition; la moitié du camp était aux barrières.

— Comment! reprit d'Artagnan, tu t'inquiètes fort peu qu'elle tue ou qu'elle fasse tuer Buckingham ? Mais le duc est notre ami.

— Le duc est anglais, le duc combat contre nous; qu'elle fasse donc du duc ce qu'elle voudra, je m'en soucie comme d'une bouteille vide.

Et Athos envoya à quinze pas de lui une bouteille qu'il tenait et dont il venait de transvaser jusqu'à la dernière goutte dans son verre.

— Un instant, dit d'Artagnan, je n'abandonne pas Buckingham ainsi; il nous avait donné de fort beaux chevaux.

— Et surtout de fort belles selles, dit Porthos qui, à ce moment même, portait à son manteau le galon de la sienne.

— Puis, dit Aramis, Dieu veut la conversion et non la mort du pécheur.

— *Amen,* dit Athos, et nous reviendrons là-dessus plus tard, si tel est votre plaisir; mais ce qui, pour le moment, me préoccupait le plus, et je suis sûr que tu me comprendras, d'Artagnan, c'était de reprendre à cette femme une espèce de blanc-seing qu'elle avait extorqué au cardinal, et à l'aide duquel elle devait impunément se débarrasser de toi et peut-être de nous.

— Mais c'est donc un démon que cette créature ! dit Porthos en tendant son assiette à Aramis, qui découpait une volaille.

— Et ce blanc-seing, dit d'Artagnan, ce blanc-seing, est-il resté entre ses mains ?

— Non, il est passé dans les miennes; je ne dirai pas que c'est sans peine, par exemple, car je mentirais.

— Mon cher Athos, dit d'Artagnan, je ne compte plus les fois que je vous dois la vie.

— Alors c'était donc pour venir près d'elle que tu nous as quittés? demanda Aramis.

— Justement.

— Et tu as cette lettre du cardinal ? dit d'Artagnan.

— La voici, dit Athos.

Et il tira le précieux papier de la poche de sa casaque.

D'Artagnan le déplia d'une main dont il n'essayait pas même de dissimuler le tremblement, et lut :

« C'est par mon ordre et pour le bien de

l'État que le porteur du présent a fait ce qu'il a fait.

» 5 décembre 1627.

» RICHELIEU. »

— En effet, dit Aramis, c'est une absolution dans toutes les règles.

— Il faut déchirer ce papier, dit d'Artagnan, qui semblait lire sa sentence de mort.

— Bien au contraire, dit Athos, il faut le conserver précieusement; et je ne donnerais pas ce papier quand on le couvrirait de pièces d'or.

— Et que va-t-elle faire maintenant? demanda le jeune homme.

— Mais, dit négligemment Athos, elle va probablement écrire au cardinal qu'un damné mousquetaire, nommé Athos, lui a arraché de force son sauf-conduit; elle lui donnera dans la même lettre le conseil de se débarrasser, en même temps que de lui, de ses deux amis, Porthos et Aramis; le cardinal se rappellera que ce sont les mêmes hommes qu'il rencontre toujours sur son chemin: alors, un beau matin, il fera arrêter d'Artagnan, et, pour qu'il ne s'ennuie pas tout seul, il nous enverra lui tenir compagnie à la Bastille.

— Ah çà ! mais, dit Porthos, il me semble que tu fais là de tristes plaisanteries, mon cher.

— Je ne plaisante pas, dit Athos.

— Sais-tu, dit Porthos, que tordre le cou à cette damnée milady serait un péché moins grand que de le tordre à ces pauvres diables de huguenots, qui n'ont jamais commis d'autres crimes que de chanter en français des psaumes que nous chantons en latin ?

— Qu'en dit l'abbé? demanda tranquillement Athos.

— Je dis que je suis de l'avis de Porthos, répondit Aramis.

— Et moi donc ! dit d'Artagnan.

— Heureusement qu'elle est loin, dit Porthos, car j'avoue qu'elle me gênerait fort ici.

— Elle me gêne en Angleterre aussi bien qu'en France, dit Athos.

— Elle me gêne partout, dit d'Artagnan.

— Mais puisque tu la tenais, dit Porthos, que ne l'as-tu noyée, étranglée, pendue! il n'y a que les morts qui ne reviennent pas.

— Vous croyez cela, Porthos? répondit le mousquetaire avec un sombre sourire que d'Artagnan comprit seul.

— J'ai une idée, dit d'Artagnan.

— Voyons, dirent les mousquetaires.

— Aux armes! cria Grimaud.

Les jeunes gens se levèrent vivement, et coururent aux fusils.

Cette fois, une petite troupe s'avançait composée de vingt ou vingt-cinq hommes; mais ce n'étaient plus des travailleurs, c'étaient des soldats de la garnison.

— Si nous retournions au camp? dit Porthos, il me semble que la partie n'est pas égale.

— Impossible pour trois raisons, répondit Athos : la première, c'est que nous n'avons pas fini de déjeuner; la seconde, c'est que nous avons encore des choses d'importance à dire; la troisième, c'est qu'il s'en manque encore de dix minutes que l'heure ne soit écoulée.

— Voyons, dit Aramis, il faut cependant arrêter un plan de bataille.

— Il est bien simple, dit Athos : aussitôt que l'ennemi est à portée de mousquet, nous faisons feu ; s'il continue d'avancer, nous faisons feu encore, nous faisons feu tant que nous avons des fusils chargés ; si ce qui reste de la troupe veut alors monter à l'assaut, nous laissons les assiégeants descendre jusque dans le fossé, et alors nous leur poussons sur la tête un pan de mur qui ne tient plus que par un miracle d'équilibre.

— Bravo ! dit Porthos ; décidément, Athos, tu étais né pour être général, et le cardinal, qui se croit un grand homme de guerre, est bien peu de chose auprès de toi.

— Messieurs, dit Athos, pas de double emploi, je vous prie, visez bien chacun votre homme.

— Je tiens le mien, dit d'Artagnan.

— Et moi le mien, dit Porthos.

— Et moi idem, dit Aramis.

— Alors feu ! dit Athos.

Les quatre coups de fusil ne firent qu'une détonation, mais quatre hommes tombèrent.

Aussitôt le tambour battit, et la petite troupe s'avança au pas de charge.

Alors les coups de fusil se succédèrent

sans régularité, mais toujours envoyés avec la même justesse. Cependant, comme s'ils eussent connu la faiblesse numérique des amis, les Rochelais continuaient d'avancer au pas de course.

Sur trois coups de fusil, deux hommes tombèrent; mais cependant la marche de ceux qui restaient debout ne se ralentissait pas.

Arrivés au bas du bastion, les ennemis étaient encore douze ou quinze; une dernière décharge les accueillit mais ne les arrêta point: ils sautèrent dans le fossé et s'apprêtèrent à escalader la brèche.

— Allons, mes amis, dit Athos, finissons-en d'un coup : à la muraille! à la muraille!

Et les quatre amis, secondés par Grimaud, se mirent à pousser avec le canon de leurs fusils un énorme pan de mur, qui s'inclina comme si le vent le poussait, et, se détachant de sa base, tomba avec un bruit horrible dans le fossé; puis on entendit un grand cri, un nuage de poussière monta vers le ciel, et tout fut dit.

— Les aurions-nous écrasés depuis le premier jusqu'au dernier? dit Athos.

— Ma foi, cela m'en a l'air, dit d'Artagnan.

— Non, dit Porthos, en voilà deux ou trois qui se sauvent tout éclopés.

En effet, trois ou quatre de ces malheureux, couverts de boue et de sang, fuyaient dans le chemin creux et regagnaient la ville; c'était tout ce qui restait de la petite troupe.

Athos regarda à sa montre.

— Messieurs, dit-il, il y a une heure que nous sommes ici, et maintenant le pari est gagné; mais il faut être beaux joueurs: d'ailleurs d'Artagnan ne nous a pas dit son idée.

Et le mousquetaire, avec son sang-froid habituel, alla s'asseoir devant les restes du déjeuner.

— Mon idée? dit d'Artagnan.

— Oui, vous disiez que vous aviez une idée, dit Athos.

— Ah ! j'y suis, reprit d'Artagnan : je passe en Angleterre une seconde fois, je vais trouver M. de Buckingham.

— Vous ne ferez pas cela, d'Artagnan, dit froidement Athos.

— Et pourquoi cela? ne l'ai-je pas fait déjà?

— Oui, mais à cette époque nous n'étions pas en guerre; à cette époque M. de Buckingham était un allié et non un ennemi : ce que vous voulez faire serait taxé de trahison.

D'Artagnan comprit la force de ce raisonnement et se tut.

— Mais, dit Porthos, il me semble que j'ai une idée à mon tour.

— Silence pour l'idée de M. Porthos! dit Aramis.

— Je demande un congé à M. de Tréville, sous un prétexte quelconque que vous trouverez; je ne suis pas fort sur les prétextes, moi. Milady ne me connaît pas, je m'approche d'elle sans qu'elle me redoute, et lorsque je trouve ma belle, je l'étrangle.

— Eh bien! dit Athos, je ne suis pas très-éloigné d'adopter l'idée de Porthos.

— Fi donc! dit Aramis, tuer une femme! Non, tenez, moi, j'ai la véritable idée.

— Voyons votre idée, Aramis, dit Athos, qui avait beaucoup de déférence pour le jeune mousquetaire.

— Il faudrait prévenir la reine.

— Ah! ma foi, oui, dirent ensemble Porthos et d'Artagnan; je crois que nous touchons au moyen.

— Prévenir la reine! dit Athos, et comment cela? Avons-nous des relations à la cour? Pouvons-nous envoyer quelqu'un à Paris sans qu'on le sache au camp? D'ici à Paris il y a cent quarante lieues; notre lettre ne sera pas à Angers que nous serons au cachot, nous.

— Quant à ce qui est de faire remettre

sûrement une lettre à Sa Majesté, dit Aramis en rougissant, moi, je m'en charge; je connais à Tours une personne adroite...

Aramis s'arrêta en voyant sourire Athos.

— Eh bien! vous n'adoptez pas ce moyen, Athos? dit d'Artagnan.

— Je ne le repousse pas tout à fait, dit Athos, mais je voulais seulement faire observer à Aramis qu'il ne peut quitter le camp; que tout autre qu'un de nous n'est pas sûr; que, deux heures après que le messager sera parti, tous les capucins, tous les alguazils, tous les bonnets noirs du cardinal sauront votre lettre par cœur, et qu'on arrêtera vous et votre adroite personne.

— Sans compter, dit Porthos, que la reine sauvera M. de Buckingham, mais ne nous sauvera pas du tout, nous autres.

— Messieurs, dit d'Artagnan, ce que dit Porthos est plein de sens.

— Ah! ah! que se passe-t-il donc dans la ville? dit Athos.

— On bat la générale.

Les quatre amis écoutèrent, et le bruit du tambour parvint effectivement jusqu'à eux.

— Vous allez voir qu'ils vont nous envoyer un régiment tout entier, dit Athos.

— Vous ne comptez pas tenir contre un régiment tout entier? dit Porthos.

— Pourquoi pas? dit le mousquetaire, je me sens en train, et je tiendrais devant une armée, si nous avions seulement eu la précaution de prendre une douzaine de bouteilles de plus.

— Sur ma parole, le tambour se rapproche, dit d'Artagnan.

— Laissez-le se rapprocher, dit Athos; il y a pour un quart d'heure de chemin d'ici à la ville, et par conséquent de la ville ici. C'est plus de temps qu'il ne nous en faut pour arrêter notre plan; si nous nous en allons d'ici, nous ne retrouverons jamais un endroit aussi convenable. Et, tenez, justement, messieurs, voilà la vraie idée qui me vient.

— Dites alors.

— Permettez que je donne à Grimaud quelques ordres indispensables.

Athos fit signe à son valet d'approcher.

— Grimaud, dit Athos, en montrant les morts qui gisaient dans le bastion, vous allez prendre ces messieurs, vous allez les dresser contre la muraille, vous leur mettrez leur chapeau sur la tête et leur fusil à la main.

— O grand homme! dit d'Artagnan, je te comprends.

— Vous comprenez? dit Porthos.

— Et toi comprends-tu, Grimaud? dit Aramis.

Grimaud fit signe que oui.

— C'est tout ce qu'il faut, dit Athos, revenons à mon idée.

— Je voudrais pourtant bien comprendre, dit Porthos.

— C'est inutile.

— Oui, oui, l'idée d'Athos, dirent en même temps d'Artagnan et Aramis.

— Cette milady, cette femme, cette créature, ce démon, a un beau-frère, à ce que vous m'avez dit, je crois, d'Artagnan.

— Oui, je le connais beaucoup même, et je crois aussi qu'il n'a pas une grande sympathie pour sa belle-sœur.

— Il n'y a point de mal à cela, répondit Athos, et il la détesterait que cela n'en vaudrait que mieux.

— En ce cas nous sommes servis à souhait.

— Cependant, dit Porthos, je voudrais bien comprendre ce que fait Grimaud.

— Silence, Porthos! dit Aramis.

— Comment se nomme ce beau-frère ?

— Lord de Winter.

— Où est-il maintenant ?

— Il est retourné à Londres au premier bruit de guerre.

— Eh bien ! voilà justement l'homme qu'il nous faut, dit Athos, c'est celui qu'il nous convient de prévenir ; nous lui ferons savoir que sa belle-sœur est sur le point d'assassiner quelqu'un, et nous le prierons de ne pas la perdre de vue. Il y a bien à Londres, je l'espère, quelque établissement dans le genre des Madelonnettes ou des filles repenties ; il y fait mettre sa sœur, et nous sommes tranquilles.

— Oui, dit d'Artagnan, jusqu'à ce qu'elle en sorte.

— Ah! ma foi, dit Athos, vous en demandez trop, d'Artagnan, je vous ai donné tout ce que j'avais, et je vous préviens que c'est le fond de mon sac.

— Moi, je trouve que c'est ce qu'il y a de mieux, dit Aramis; nous prévenons à la fois la reine et lord de Winter.

— Oui, mais par qui ferons-nous porter la lettre à Tours et la lettre à Londres?

— Je réponds de Bazin, dit Aramis.

— Et moi de Planchet, dit d'Artagnan.

— En effet, dit Porthos, si nous ne pouvons quitter le camp, nos laquais peuvent le quitter.

— Sans doute, dit Aramis, et dès aujourd'hui nous écrivons les lettres, nous leur donnons de l'argent, et ils partent.

— Nous leur donnons de l'argent? reprit Athos; vous en avez donc, de l'argent?

Les quatre amis se regardèrent, et un nuage passa sur les fronts qui s'étaient un instant éclaircis.

— Alerte! cria d'Artagnan, je vois des points noirs et des points rouges qui s'agitent là-bas; que disiez-vous donc d'un régiment, Athos? c'est une véritable armée.

— Ma foi, oui! dit Athos, les voilà. Voyez-vous les sournois qui venaient sans tambours ni trompettes. Ah, ah! tu as fini, Grimaud?

Grimaud fit signe que oui, et montra une douzaine de morts qu'il avait placés dans les attitudes les plus pittoresques: les uns au port d'armes, les autres ayant l'air de mettre en joue, les autres l'épée à la main.

— Bravo! dit Athos, voilà qui fait honneur à ton imagination.

— C'est égal, dit Porthos, je voudrais cependant bien comprendre.

— Décampons d'abord, dit d'Artagnan, tu comprendras après.

— Un instant, messieurs, un instant! donnons le temps à Grimaud de desservir.

— Ah! dit Aramis, voici les points noirs

et les points rouges qui grandissent fort visiblement, et je suis de l'avis de d'Artagnan, je crois que nous n'avons pas de temps à perdre pour regagner le camp.

— Ma foi, dit Athos, je n'ai plus rien contre la retraite; nous avions parié pour une heure, nous sommes restés une heure et demie; il n'y a rien à dire : partons, messieurs, partons.

Grimaud avait déjà pris le devant avec le panier et la desserte.

Les quatre amis sortirent derrière lui et firent une dizaine de pas.

— Eh! s'écria Athos, que diable faisons-nous, messieurs?

— As-tu oublié quelque chose ? demanda Aramis.

— Et le drapeau, morbleu ! il ne faut pas laisser un drapeau aux mains de l'ennemi, même quand ce drapeau ne serait qu'une serviette.

Et Athos s'élança dans le bastion, monta sur la plate-forme, et enleva le drapeau : seulement, comme les Rochelais étaient arrivés à portée de mousquet, ils firent un feu terrible sur cet homme, qui, comme par plaisir, allait s'exposer aux coups.

Mais on eût dit qu'Athos avait un charme attaché à sa personne ; les balles passèrent en sifflant tout autour de lui, pas une ne le toucha.

Athos agita son drapeau en tournant le dos aux gardes de la ville et en saluant ceux du camp. Des deux côtés de grands cris retentirent, d'un côté des cris de colère, de l'autre des cris d'enthousiasme.

Une seconde décharge suivit la première, et trois balles, en la trouant, firent réellement de la serviette un drapeau. On entendait les cris de tout le camp qui criait : Descendez, descendez !

Athos descendit; ses camarades, qui l'attendaient avec anxiété, le virent reparaître avec joie.

— Allons, Athos, allons, dit d'Artagnan, allongeons, allongeons; maintenant que nous avons tout trouvé, excepté l'argent, il serait stupide d'être tués.

Mais Athos continua de marcher majestueusement, quelque observation que pussent lui faire ses compagnons, qui, voyant toute observation inutile, réglèrent leurs pas sur le sien.

Grimaud et son panier avaient pris les devants et se trouvaient tous deux hors de la portée des balles.

Au bout d'un instant on entendit le bruit d'une fusillade enragée.

— Qu'est-ce que cela? demanda Porthos, et sur quoi tirent-ils? je n'entends pas siffler les balles et je ne vois personne.

— Ils tirent sur nos morts, répondit Athos.

— Mais nos morts ne répondront pas.

— Justement; alors ils croiront à une embuscade, ils délibéreront; ils enverront un parlementaire, et quand ils s'apercevront de la plaisanterie, nous serons hors de la portée des balles. Voilà pourquoi il est inutile de gagner une pleurésie en nous pressant.

— Oh ! je comprends, dit Porthos émerveillé.

— C'est bien heureux ! dit Athos en haussant les épaules.

De leur côté les Français, en voyant revenir les quatre amis au pas, poussaient des cris d'enthousiasme.

Enfin une nouvelle mousquetade se fit entendre, et cette fois les balles vinrent s'aplatir sur les cailloux autour des quatre amis et siffler lugubrement à leurs oreilles. Ils venaient enfin de s'emparer du bastion.

— Voici des gens bien maladroits, dit Athos ; combien en avons-nous tué ? douze ?

— Ou quinze.

— Combien en avons-nous écrasé?

— Huit ou dix.

— Et en échange de tout cela pas une égratignure? Ah ! si fait ! Qu'avez-vous donc-là à la main, d'Artagnan? du sang, ce me semble?

— Ce n'est rien, dit d'Artagnan.

— Une balle perdue?

— Pas même.

— Qu'est-ce donc, alors? Nous l'avons

dit, Athos aimait d'Artagnan comme son enfant, et ce caractère sombre et inflexible avait parfois pour le jeune homme des sollicitudes de père.

— Une écorchure, reprit d'Artagnan; mes doigts ont été pris entre deux pierres, celle du mur et celle de ma bague; alors la peau s'est ouverte.

— Voilà ce que c'est que d'avoir des diamants, mon maître, dit dédaigneusement Athos.

— Ah çà, mais, s'écria Porthos, il y a un diamant, en effet, et pourquoi diable alors, puisqu'il y a un diamant, nous plaignons-nous de ne pas avoir d'argent?

— Tiens, au fait! dit Aramis.

— A la bonne heure, Porthos; cette fois-ci voilà une idée.

— Sans doute, dit Porthos, en se rengorgeant sous le compliment d'Athos, puisqu'il y a un diamant, vendons-le.

— Mais, dit d'Artagnan, c'est le diamant de la reine.

— Raison de plus, reprit Athos; la reine sauvant M. de Buckingham son amant, rien de plus juste; la reine nous sauvant, nous, ses amis, rien de plus moral : vendons le diamant. Qu'en pense M. l'abbé?

Je ne demande pas l'avis de Porthos, il est donné.

— Mais je pense, dit Aramis en rougissant, que sa bague ne venant pas d'une maîtresse, et par conséquent n'étant pas un gage d'amour, d'Artagnan peut la vendre.

— Mon cher, vous parlez comme la théologie en personne. Ainsi votre avis est?..

— De vendre le diamant, répondit Aramis.

— Eh bien, dit gaiement d'Artagnan, vendons le diamant et n'en parlons plus.

La fusillade continuait, mais les amis

étaient hors de portée, et les Rochelais ne tiraient plus que pour l'acquit de leur conscience.

— Ma foi, il était temps que cette idée vînt à Porthos; nous voici au camp. Ainsi, messieurs, pas un mot de plus sur toute cette affaire. On nous observe, on vient à notre rencontre, nous allons être portés en triomphe.

En effet, comme nous l'avions dit, tout le camp était en émoi; plus de deux mille personnes avaient assisté, comme à un spectacle, à l'heureuse forfanterie des quatre amis; forfanterie dont on était bien loin de soupçonner le véritable motif. On n'entendait que les cris de : Vivent les gardes! Vivent les mousquetaires! M. de Busigny était venu le premier serrer la main à Athos et reconnaître que le pari était perdu. Le dragon et le Suisse l'avaient suivi, tous les camarades avaient suivi le dragon et le Suisse. C'étaient des félicitations, des poignées de mains, des embrassades à n'en plus finir, des rires inextinguibles à l'endroit des Rochelais; enfin, un tumulte si grand que M. le cardinal crut qu'il y avait émeute et envoya La Houdinière, son capitaine des gardes, s'informer de ce qui se passait.

La chose fut racontée au messager avec toute l'efflorescence de l'enthousiasme.

— Eh bien! demanda le cardinal en voyant La Houdinière.

— Eh bien, monseigneur, dit celui-ci, ce sont trois mousquetaires et un garde qui ont fait le pari avec M. de Busigny d'aller déjeuner au bastion Saint-Gervais, et qui, tout en déjeunant, ont tenu là deux heures contre l'ennemi, et ont tué je ne sais combien de Rochelais.

— Vous êtes-vous informé du nom de ces trois mousquetaires?

— Oui, monseigneur.

— Comment les appelle-t-on?

— Ce sont MM. Athos, Porthos et Aramis.

— Toujours mes trois braves! murmura le cardinal. Et le garde?

— M. d'Artagnan.

— Toujours mon jeune drôle! Décidément il faut que ces quatre hommes soient à moi.

Le soir même le cardinal parla à M. de Tréville de l'exploit du matin qui faisait la conversation de tout le camp. M. de Tréville, qui tenait le récit de l'aventure de la bouche même de ceux qui en étaient les héros, la raconta dans tous ses détails à son Éminence, sans oublier l'épisode de la serviette.

— C'est bien, monsieur de Tréville, dit le cardinal, faites-moi tenir cette serviette, je vous prie. J'y ferai broder trois fleurs de lis d'or, et je la donnerai pour guidon à votre compagnie.

— Monseigneur, dit M. de Tréville, il y aura injustice pour les gardes; M. d'Artagnan n'est pas à moi, mais à M. Des Essarts.

— Eh bien! prenez-le, dit le cardinal; il n'est pas juste que, puisque ces quatre braves militaires s'aiment tant, ils ne servent pas dans la même compagnie.

Le même soir, M. de Tréville annonça cette bonne nouvelle aux trois mousquetaires et à d'Artagnan, en les invitant tous les quatre à déjeuner le lendemain.

D'Artagnan ne se possédait pas de joie.

On le sait, le rêve de toute sa vie avait été d'être mousquetaire.

Les trois amis aussi étaient fort joyeux.

— Ma foi, dit d'Artagnan à Athos, tu as eu là une triomphante idée, et, comme tu l'as dit, nous y avons acquis de la gloire et nous avons pu lier une conversation de la plus haute importance.

— Que nous pourrons reprendre maintenant, sans que personne nous soupçonne, car, avec l'aide de Dieu, nous allons passer désormais pour des cardinalistes.

Le même soir, d'Artagnan alla présenter ses hommages à M. des Essarts, et lui faire part de l'avancement qu'il avait obtenu.

M. des Essarts, qui aimait beaucoup d'Artagnan, lui fit alors ses offres de service : ce changement de corps amenait des dépenses d'équipement.

D'Artagnan refusa; mais, trouvant l'occasion bonne, il le pria de faire estimer le diamant qu'il lui remit, et dont il désirait faire de l'argent.

Le lendemain, à huit heures du matin, le valet de M. des Essarts entra chez d'Artagnan et lui remit un sac d'or contenant sept mille livres.

C'était le prix du diamant de la reine.

CHAPITRE IX.

AFFAIRE DE FAMILLE.

Athos avait trouvé le mot : *affaire de famille.* Une affaire de famille n'était point soumise à l'investigation du cardinal ; une affaire de famille ne regardait personne ; on pouvait s'occuper devant tout le monde d'une affaire de famille.

Ainsi Athos avait trouvé le mot : affaire de famille.

Aramis avait trouvé l'idée : les laquais.

Porthos avait trouvé le moyen : le diamant.

D'Artagnan seul n'avait rien trouvé, lui ordinairement le plus inventif des quatre; mais il faut dire aussi que le nom seul de milady le paralysait.

Ah ! si, nous nous trompons : il avait trouvé un acheteur pour le diamant.

Le déjeuner chez M. de Tréville fut d'une gaieté charmante. D'Artagnan avait déjà son uniforme : comme il était à peu près de la même taille qu'Aramis, et qu'Aramis, largement payé, comme on se le rappelle, par le libraire qui lui avait acheté son poème, avait fait faire tout en double, il avait cédé à son ami un équipement complet.

D'Artagnan eût été au comble de ses vœux, s'il n'eût point vu pointer milady, comme un nuage sombre à l'horizon.

Après déjeuner, on convint qu'on se réunirait le soir au logis d'Athos, et que là on terminerait l'affaire.

D'Artagnan passa la journée à montrer

son habit de mousquetaire dans toutes les rues du camp.

Le soir, à l'heure dite, les quatre amis se réunirent; il ne restait plus que trois choses à décider :

Ce qu'on écrirait au frère de milady;

Ce qu'on écrirait à la personne adroite de Tours;

Et quels seraient les laquais qui porteraient les lettres.

Chacun offrait le sien : Athos parlait de la discrétion de Grimaud, qui ne parlait que lorsque son maître lui décousait la bouche; Porthos vantait la force de Mousqueton, qui était de taille à rosser quatre hommes de complexion ordinaire; Aramis, confiant dans l'adresse de Bazin, faisait un éloge pompeux de son candidat; enfin, d'Artagnan avait foi entière dans la bravoure de Planchet, et rappelait de quelle façon il s'était conduit dans l'affaire épineuse de Boulogne.

Ces quatre vertus disputèrent long-temps le prix et donnèrent lieu à de magnifiques discours, que nous ne rapporterons pas ici de peur qu'ils ne fassent longueur.

— Malheureusement, dit Athos, il faudrait que celui qu'on enverra possédât en lui seul les quatre qualités réunies.

— Mais où rencontrer un pareil laquais?

— Introuvable ! dit Athos, je le sais bien : prenez donc Grimaud.

— Prenez Mousqueton.

— Prenez Bazin.

— Prenez Planchet ; Planchet est brave et adroit, c'est déjà deux qualités sur quatre.

— Messieurs, dit Aramis, le principal n'est pas de savoir lequel de nos quatre laquais est le plus discret, le plus fort, le plus adroit ou le plus brave ; le principal est de savoir lequel aime le plus l'argent.

— Ce que dit Aramis est plein de sens, reprit Athos ; il faut spéculer sur les défauts des gens et non sur leurs vertus: monsieur l'abbé, vous êtes un grand moraliste!

— Sans doute! dit Aramis, car non-seulement nous avons besoin d'être bien servis pour réussir, mais encore pour ne pas échouer; car en cas d'échec, il y va de la tête, non pas pour les laquais...

— Plus bas, Aramis! dit Athos.

— C'est juste: non pas pour les laquais! reprit Aramis, mais pour le maître, et même pour les maîtres. Nos valets nous sont-ils assez dévoués pour risquer leur vie pour nous? Non.

— Ma foi, dit d'Artagnan, je répondrais presque de Planchet, moi.

— Eh bien ! mon cher ami, ajoutez à son dévouement naturel une bonne somme qui lui donne quelque aisance, et alors, au lieu d'en répondre une fois, répondez-en deux.

— Eh ! bon Dieu ! vous serez trompés tout de même, dit Athos, qui était optimiste quand il s'agissait des choses, et pessimiste quand il s'agissait des hommes. Ils promettront tout pour avoir de l'argent, et en chemin la peur les empêchera d'agir. Une fois pris, on les serrera; serrés, ils avoueront. Que diable ! nous ne sommes pas des enfants ! Pour aller en Angleterre (Athos baissa la voix) il faut traverser toute la France, semée d'espions et de créatures au cardinal ; il faut une passe pour s'embarquer, il faut savoir l'anglais pour demander son chemin à Londres. Tenez, je vois la chose bien difficile.

— Mais point du tout, dit d'Artagnan, qui tenait fort à ce que la chose s'accomplît ; je la vois facile au contraire, moi. Il va sans dire, parbleu ! que si l'on écrit à lord de Winter des choses par-dessus les maisons, des horreurs du cardinal...

— Plus bas ! dit Athos.

— Des intrigues et des secrets d'État, continua d'Artagnan en se conformant à sa recommandation, il va sans dire que nous serons tous roués vifs ; mais, pour

Dieu, n'oubliez pas, comme vous l'avez dit vous-même, Athos, que nous lui écrivons pour affaire de famille, que nous lui écrivons à cette seule fin qu'il mette milady dès son arrivée à Londres hors d'état de nous nuire. Je lui écrirai donc une lettre à peu près en ces termes :

— Voyons, dit Aramis en prenant par avance un visage de critique.

— « Monsieur et cher ami... »

— Ah, oui! cher ami, à un Anglais, interrompit Athos; bien commencé! bravo, d'Artagnan! Rien qu'avec ce mot-là vous serez écartelé, au lieu d'être roué vif.

— Eh bien, soit! je dirai donc, monsieur, tout court.

— Vous pouvez même dire, milord, reprit Athos, qui tenait fort aux convenances.

— « Milord, vous souvient-il du petit enclos aux chèvres du Luxembourg? »

— Bon! le Luxembourg, à présent! On croira que c'est une allusion à la reine-mère! Voilà qui est ingénieux, dit Athos.

— Eh bien, nous mettrons tout simplement: « Milord, vous souvient-il de certain petit enclos où l'on vous sauva la vie? »

— Mon cher d'Artagnan, dit Athos, vous ne serez jamais qu'un fort mauvais rédacteur; « où l'on vous sauva la vie! » Fi donc! ce n'est pas digne. On ne rappelle pas ces services-là à un galant homme. Bienfait reproché, offense faite.

— Ah! mon cher, dit d'Artagnan, vous êtes insupportable, et s'il faut écrire sous votre censure, ma foi, j'y renonce.

— Et vous faites bien. Maniez le mousquet et l'épée, mon cher, vous vous tirez galamment des deux exercices; mais passez la plume à M. l'abbé, cela le regarde.

— Ah! oui, au fait, dit Porthos, passez la plume à Aramis, qui écrit des thèses en latin, lui.

— Eh bien, soit, dit d'Artagnan, rédigez-nous cette note, Aramis; mais de par notre saint père le pape! tenez-vous serré, car je vous épluche à mon tour, je vous en préviens.

— Je ne demande pas mieux, dit Aramis avec cette naïve confiance que tout poète a en lui-même, mais qu'on me mette au courant: j'ai bien ouï dire, de ci de là, que cette belle-sœur était une coquine; j'en ai même acquis la preuve en écoutant sa conversation avec le cardinal.

— Plus bas donc, sacrebleu! dit Athos.

— Mais, continua Aramis, le détail m'échappe.

— Et à moi aussi, dit Porthos.

D'Artagnan et Athos se regardèrent quelque temps en silence. Enfin Athos, après s'être recueilli, et en devenant plus pâle encore qu'il n'était de coutume, fit un signe d'adhésion ; d'Artagnan comprit qu'il pouvait parler.

— Eh bien! voilà ce qu'il y a à dire, reprit d'Artagnan. « Milord, votre belle-sœur est une scélérate, qui a voulu vous faire tuer pour hériter de vous. Mais elle ne pouvait épouser votre frère, étant déjà mariée en France, et ayant été..... » D'Artagnan s'arrêta comme s'il cherchait le mot, en regardant Athos.

— Chassée par son mari, dit Athos.

— Parce qu'elle avait été marquée, continua d'Artagnan.

— Bah! s'écria Porthos, impossible! elle a voulu faire tuer son beau-frère!

— Oui.

— Elle était mariée? demanda Aramis.

— Oui.

— Et son mari s'est aperçu qu'elle avait une fleur de lis sur l'épaule! s'écria Porthos.

— Oui.

Ces trois *oui* avaient été dit par Athos,

chacun avec une intonation plus sombre.

— Et qui l'a vue, cette fleur de lis? demanda Aramis.

— D'Artagnan et moi, ou plutôt, pour observer l'ordre chronologique, moi et d'Artagnan, répondit Athos.

— Et le mari de cette affreuse créature vit encore? dit Aramis.

— Il vit encore.

— Vous en êtes sûr?

— Je le suis.

Il y eut un instant de froid silence, pendant lequel chacun se sentit impressionné selon sa nature.

— Cette fois, reprit Athos interrompant le premier le silence, d'Artagnan nous a donné un excellent programme, et c'est cela qu'il faut écrire d'abord.

— Diable! vous avez raison, Athos, reprit Aramis, et la rédaction est épineuse. M. le chancelier lui-même serait embarrassé pour rédiger une épître de cette force, et cependant M. le chancelier rédige très-agréablement un procès-verbal. N'importe! taisez-vous, j'écris.

Aramis en effet prit la plume, réfléchit quelques instants, se mit à écrire huit ou dix lignes d'une charmante petite écriture de femme, puis, d'une voix douce et lente, comme si chaque mot eût été scrupuleusement pesé, il lut ce qui suit :

« Milord,

» La personne qui vous écrit ces quel-
» ques lignes a eu l'honneur de croiser
» l'épée avec vous dans un petit enclos de
» la rue d'Enfer. Comme vous avez bien
» voulu, depuis, vous dire plusieurs fois
» l'ami de cette personne, elle-même doit
» de reconnaître cette amitié par un bon
» avis. Deux fois vous avez failli être vic-
» time d'une proche parente que vous
» croyez votre héritière, parce que vous
» ignorez qu'avant de contracter ma-

» riage en Angleterre elle était déjà mariée
» en France. Mais, la troisième fois, qui
» est celle-ci, vous pouvez y succomber.
» Votre parente est partie de La Ro-
» chelle pour l'Angleterre pendant la
» nuit. Surveillez son arrivée, car elle a de
» grands et terribles projets. Si vous tenez
» absolument à savoir ce dont elle est ca-
» pable, lisez son passé sur son épaule
» gauche. »

— Eh bien! voilà qui est à merveille, dit Athos, et vous avez une plume de secrétaire d'État, mon cher Aramis. Lord de Winter fera bonne garde maintenant, si toutefois l'avis lui arrive; et tombât-il aux mains de Son Éminence elle-même, nous ne saurions être compromis. Mais comme le valet qui partira pourrait nous faire accroire qu'il a été à Londres et s'arrêter à Châtellerault, ne lui donnons avec la lettre que la moitié de la somme en lui promettant l'autre moitié en échange de la réponse. Avez-vous le diamant? continua Athos.

— J'ai mieux que cela, j'ai la somme; et d'Artagnan jeta le sac sur la table : au son de l'or Aramis leva les yeux, Porthos tressaillit; quant à Athos, il resta impassible.

— Combien dans ce petit sac? dit-il.

— Sept mille livres en louis de douze francs.

— Sept mille livres! s'écria Porthos, ce

mauvais petit diamant valait sept mille livres?

— Il paraît, dit Athos, puisque les voilà ; je ne présume pas que notre ami d'Artagnan y ait mis du sien.

— Mais, messieurs, dans tout cela, dit d'Artagnan, nous ne pensons pas à la reine. Soignons un peu la santé de son cher Buckingham. C'est le moins que nous lui devions.

— C'est juste, dit Athos, mais ceci regarde Aramis.

— Eh bien! répondit celui-ci en rougissant, que faut-il que je fasse?

—Mais, reprit Athos, c'est tout simple: rédiger une seconde lettre pour cette adroite personne qui habite Tours.

Aramis reprit la plume, se mit à réfléchir de nouveau, et écrivit les lignes suivantes, qu'il soumit à l'instant même à l'approbation de ses amis.

« Ma chère cousine.... »

— Ah! ah! dit Athos, cette personne adroite est votre parente?

— Cousine germaine, dit Aramis.

— Va donc pour cousine!

Aramis continua:

« Ma chère cousine, Son Éminence le
» cardinal, que Dieu conserve pour le bon-
» heur de la France et la confusion des
» ennemis du royaume, est sur le point
» d'en finir avec les rebelles hérétiques de
» La Rochelle; il est probable que le se-
» cours de la flotte anglaise n'arrivera pas
» même en vue de la place; j'oserai même
» dire que je suis certain que M. de Buc-
» kingham sera empêché de partir par
» quelque grand événement. Son Émi-
» nence est le plus illustre politique des
» temps passés, du temps présent et pro-
» bablement du temps à venir. Il étein-
» drait le soleil si le soleil le gênait. Don-
» nez ces heureuses nouvelles à votre sœur,
» ma chère cousine. J'ai rêvé que cet An-
» glais maudit était mort. Je ne puis
» me rappeler si c'était par le fer ou

» par le poison ; seulement, ce dont je » suis sûr, c'est que j'ai rêvé qu'il était » mort, et, vous le savez, mes rêves ne me » trompent jamais. Assurez-vous donc de » me voir revenir bientôt. »

— A merveille! s'écria Athos, vous êtes le roi des poëtes, mon cher Aramis, vous parlez comme l'Apocalypse et vous êtes vrai comme l'Évangile. Il ne reste maintenant que l'adresse à mettre sur cette lettre.

— C'est bien facile, dit Aramis.

Il plia coquettement la lettre, la reprit, et écrivit :

« A mademoiselle Michon, lingère, à Tours. »

Les trois amis se regardèrent en riant : ils étaient pris.

— Maintenant, dit Aramis, vous comprenez, messieurs, que Bazin seul peut porter cette lettre à Tours ; ma cousine ne connaît que Bazin et n'a confiance qu'en lui : tout autre ferait échouer l'affaire. D'ailleurs Bazin est ambitieux et savant ; Bazin a lu l'histoire, messieurs, il sait que Sixte-Quint est devenu pape après avoir gardé les pourceaux ; eh bien ! comme il compte se mettre d'église en même temps que moi, il ne désespère pas à son tour de devenir pape ou tout au moins cardinal : vous comprenez qu'un homme qui a de pareilles visées ne se laissera pas prendre, ou, s'il est pris, subira le martyre plutôt que de parler.

— Bien, bien, dit d'Artagnan, je vous passe de grand cœur Bazin, mais passez-moi Planchet : milady l'a fait jeter à la porte, certain jour, avec force coups de bâton; or Planchet a bonne mémoire, et, je vous en réponds, s'il peut supposer une vengeance possible il se fera plutôt échiner que d'y renoncer. Si vos affaires de Tours sont vos affaires, Aramis, celles de Londres sont les miennes. Je prie donc qu'on choisisse Planchet, lequel d'ailleurs a déjà été à Londres avec moi et sait dire très-correctement : *London, sir, if you please*, et *my master lord d'Artagnan;* avec cela, soyez tranquilles, il fera son chemin en allant et en revenant.

— En ce cas, dit Athos, il faut que Planchet reçoive sept cents livres pour aller et sept cents livres pour revenir, et Bazin, trois cents livres pour aller et trois cents livres pour revenir; cela réduira la somme à cinq mille livres; nous prendrons mille livres chacun pour les employer comme bon nous semblera, et nous laisserons un fonds de mille livres que gardera l'abbé pour les cas extraordinaires ou les besoins communs. Cela vous va-t-il ?

— Mon cher Athos, dit Aramis, vous parlez comme Nestor, qui était, comme chacun sait, le plus brave des Grecs.

— Eh bien, c'est dit ! reprit Athos, Planchet et Bazin partiront; à tout prendre, je ne suis pas fâché de conserver Grimaud : il est accoutumé à mes façons, et j'y tiens ; la journée d'hier a déjà dû l'ébranler, ce voyage le perdrait.

On fit venir Planchet, et on lui donna ses instructions ; il avait été prévenu déjà par d'Artagnan, qui, du premier coup, lui avait annoncé la gloire, ensuite l'argent, puis le danger.

— Je porterai la lettre dans le parement de mon habit, dit Planchet, et je l'avalerai si l'on me prend.

— Mais alors tu ne pourras pas faire la commission, dit d'Artagnan.

— Vous m'en donnerez ce soir une copie, que je saurai par cœur demain.

D'Artagnan regarda ses amis comme pour leur dire :

— Eh bien ! que vous avais-je promis ?

— Maintenant, continua-t-il en s'adressant à Planchet, tu as huit jours pour arriver près de lord de Winter, tu as huit autres jours pour revenir ici, en tout seize jours ; si le seizième jour de ton départ, à huit heures du soir, tu n'es pas arrivé, pas d'argent, fût-il huit heures cinq minutes.

— Alors, monsieur, dit Planchet, achetez-moi une montre.

— Prends celle-ci, dit Athos en lui donnant la sienne avec son insouciante générosité, et sois brave garçon. Songe que, si tu parles, si tu bavardes, si tu flânes, tu fais couper le cou à ton maître, qui a si grande confiance dans ta fidélité qu'il nous a répondu de toi. Mais songe aussi que s'il arrive, par ta faute, malheur à d'Artagnan, je te retrouverai partout et ce sera pour t'ouvrir le ventre.

— Oh, monsieur ! dit Planchet humilié du soupçon et surtout effrayé de l'air calme du mousquetaire.

— Et moi, dit Porthos en roulant ses gros yeux, songe que je t'écorche vif.

— Ah, monsieur !

— Et moi, dit Aramis de sa voix douce et mélodieuse, songe que je te brûle à petit feu comme un sauvage.

— Ah, monsieur !

Et Planchet se mit à pleurer ; nous n'oserions dire si ce fut de terreur, à cause des menaces qui lui étaient faites, ou d'attendrissement de voir quatre amis si étroitement unis.

D'Artagnan lui prit la main, et l'embrassa.

— Vois-tu, Planchet ! lui dit-il, ces

messieurs te disent tout cela par tendresse pour moi, mais au fond ils t'aiment.

— Ah, monsieur! dit Planchet, ou je réussirai ou l'on me coupera en quatre; et me coupât-on en quatre, soyez convaincu qu'il n'y aura pas un morceau qui parlera.

Il fut décidé que Planchet partirait le lendemain à huit heures du matin, afin, comme il l'avait dit, qu'il pût, pendant la nuit, apprendre la lettre par cœur. Il gagna juste douze heures à cet arrangement; il devait être revenu le seizième jour, à huit heures du soir.

Le matin, au moment où il allait monter

à cheval, d'Artagnan, qui se sentait au fond du cœur un faible pour le duc, prit Planchet à part.

— Écoute, lui dit-il, quand tu auras remis la lettre à lord de Winter et qu'il l'aura lue, tu lui diras encore : « Veillez sur Sa Grâce lord Buckingham, car on veut l'assassiner. » Mais ceci, Planchet, vois-tu, c'est si grave et si important que je n'ai pas même voulu avouer à mes amis que je te confierais ce secret, et que pour une commission de capitaine je ne voudrais pas te l'écrire.

— Soyez tranquille, monsieur, dit Planchet, vous verrez si l'on peut compter sur moi.

Et monté sur un excellent cheval, qu'il devait quitter à vingt lieues de là pour prendre la poste, Planchet partit au galop, le cœur un peu serré par la triple promesse que lui avaient faite les mousquetaires, mais du reste dans les meilleures dispositions du monde.

Bazin partit le lendemain matin pour Tours, et eut huit jours pour faire sa commission.

Les quatre amis, pendant toute la durée de ces deux absences, avaient, comme on le comprend bien, plus que jamais l'œil au guet, le nez au vent et l'oreille aux écoutes. Leurs journées se passaient à essayer de surprendre ce qu'on disait, à guetter les allures du cardinal et à flairer les courriers qui arrivaient. Plus d'une fois un tremblement insurmontable les prit, lorsqu'on les appela pour quelque service inattendu. Ils avaient d'ailleurs à se garder pour leur propre sûreté; milady était un fantôme, qui, lorsqu'il était apparu une fois aux gens, ne les laissait pas dormir tranquillement.

Le matin du huitième jour, Bazin, frais comme toujours et souriant selon son habitude, entra dans le cabinet du Parpaillot, comme les quatre amis étaient en train de déjeuner, en disant selon la conversation arrêtée :

— Monsieur Aramis, voici la réponse de votre cousine.

Les quatre amis échangèrent un coup d'œil joyeux : la moitié de la besogne était faite ; il est vrai que c'était la plus courte et la plus facile.

Aramis prit, en rougissant malgré lui, la lettre, qui était d'une écriture grossière et sans orthographe.

— Bon Dieu ! s'écria-t-il en riant, décidément j'en désespère ; jamais cette pauvre Michon n'écrira comme M. de Voiture.

— Qu'est-ce que cela feut dire, cette

baufre Migeon? demanda le Suisse qui était en train de causer avec les quatre amis quand la lettre était arrivée.

— Oh, mon Dieu ! moins que rien, dit Aramis, une petite lingère charmante que j'aimai fort et à qui j'ai demandé quelques lignes de sa main en manière de souvenir.

— Dutieu ! dit le Suisse; zi zella il être auzi grante tame que son l'égridure, fous l'être en ponne fordune, mon gamarate !

Aramis lut la lettre et la passa à Athos.

— Voyez donc ce qu'elle m'écrit, Athos ! dit-il.

— Athos jeta un coup d'œil sur l'épître,

et, pour faire évanouir tous les soupçons qui auraient pu naître, lut tout haut :

« Mon cousin, ma sœur et moi devinons très-bien les rêves et nous en avons même une peur affreuse; mais du vôtre, on pourra dire, je l'espère, tout songe est mensonge. Adieu ! portez-vous bien et faites que de temps en temps nous entendions parler de vous.

» Aglaé MICHON. »

— Et de quel rêve parle-t-elle? demanda le dragon, qui s'était approché pendant la lecture.

— Foui, de quel rêfe? dit le Suisse.

— Eh, par Dieu ! dit Aramis, c'est tout simple, d'un rêve que j'ai fait et que je lui ai raconté.

— Oh, foui, par Tieu ! c'être tout zimple de ragonder son rêfe, mais moi je ne rêfe chamais.

— Vous êtes fort heureux, dit Athos en se levant, et je voudrais bien pouvoir en dire autant que vous !

— Chamais ! reprit le Suisse enchanté qu'un homme comme Athos lui enviât quelque chose, chamais ! chamais !

D'Artagnan, voyant qu'Athos se levait, en fit autant, prit son bras et sortit.

Porthos et Aramis restèrent pour faire face aux quolibets du dragon et du Suisse.

Quant à Bazin, il s'alla coucher sur une botte de paille ; et comme il avait plus d'imagination que le Suisse, il rêva que M. Aramis, devenu pape, le coiffait d'un chapeau de cardinal.

Mais, comme nous l'avons dit, Bazin n'avait, par son heureux retour, enlevé qu'une partie de l'inquiétude qui aiguillonnait les quatre amis. Les jours de l'attente sont longs, et d'Artagnan surtout aurait parié que les jours avaient maintenant quarante-huit heures. Il oubliait les lenteurs obligées de la navigation, il s'exagérait la puissance de milady. Il prêtait à cette femme, qui lui apparaissait pareille à un démon, des auxiliaires surnaturels comme elle; il s'imaginait, au moindre bruit, qu'on venait l'arrêter et qu'on ramenait Planchet pour le confronter avec lui et ses amis. Il y a plus, sa confiance autrefois si grande dans le digne Picard diminuait de jour en jour. Cette inquiétude était si grande qu'elle gagnait Porthos et Aramis. Il n'y avait qu'Athos qui demeurât impassible comme si aucun danger ne s'agitait autour de lui et qu'il respirât son atmosphère quotidienne.

Le seizième jour surtout, ces signes d'agitation étaient si visibles chez d'Artagnan et ses deux amis, qu'ils ne pouvaient rester en place, et qu'ils erraient comme des ombres sur le chemin par lequel devait revenir Planchet.

— Vraiment, leur disait Athos, vous n'êtes pas des hommes, mais des enfants pour qu'une femme vous fasse si grand'-peur! Et de quoi s'agit-il après tout? D'être emprisonnés? Eh bien! mais on nous tirera de prison : on en a bien tiré madame Bonacieux. D'être décapités? Mais tous les jours dans la tranchée nous allons joyeusement nous exposer à pis que cela, car un boulet peut nous casser la jambe et je suis convaincu qu'un chirurgien nous fait plus souffrir en nous coupant la cuisse qu'un bourreau en nous coupant la tête. Attendez donc tranquilles; dans deux heures, dans quatre, dans six heures au plus tard, Planchet sera ici : il a promis d'y être ; et moi j'ai très-grande foi aux promesses de Planchet, qui m'a l'air d'un fort brave garçon.

— Mais s'il n'arrive pas? dit d'Artagnan.

— Eh bien ! s'il n'arrive pas, c'est qu'il aura été retardé, voilà tout. Il peut être tombé de cheval, il peut avoir fait une cabriole par-dessus le pont, il peut avoir couru si vite qu'il en ait attrapé une fluxion de poitrine. Eh, messieurs ! faisons donc la part des événements. La vie est un chapelet de petites misères que le philosophe égrène en riant. Soyez philosophes comme moi, messieurs, mettez-vous à table et buvons; rien ne fait paraître l'avenir couleur de rose comme de le regarder à travers un verre de chambertin.

— C'est fort bien, répondait d'Artagnan; mais je suis las d'avoir à craindre en buvant frais, que le vin ne sorte de la cave de milady.

— Vous êtes bien difficile, dit Athos. Une si belle femme!

— Une femme de marque! dit Porthos avec son gros rire.

Athos tressaillit, passa la main sur son

front pour en essuyer la sueur et se leva à son tour avec un mouvement nerveux qu'il ne put réprimer.

Le jour s'écoula cependant, et le soir vint plus lentement, mais enfin il vint; les buvettes s'emplirent de chalands. Athos, qui avait empoché sa part du diamant, ne quittait plus le Parpaillot; il avait trouvé dans M. de Busigny, qui au reste leur avait donné un dîner magnifique, un partner digne de lui. Ils jouaient donc ensemble, comme d'habitude, quand sept heures sonnèrent : on entendait passer les patrouilles qui allaient doubler les postes; à sept heures et demie la retraite sonna.

— Nous sommes perdus, dit d'Artagnan à l'oreille d'Athos.

— Vous voulez dire que nous avons perdu, dit tranquillement Athos en tirant quatre pistoles de sa poche et en les jetant sur la table. Allons, messieurs, continua-t-il, on bat la retraite, allons nous coucher.

Et Athos sortit du Parpaillot suivi de d'Artagnan. Aramis venait derrière donnant le bras à Porthos. Aramis mâchonnait des vers, et Porthos s'arrachait de temps en temps quelque poil des moustaches en signe de désespoir.

Mais voilà que tout à coup dans l'obscurité une ombre se dessine dont la forme est familière à d'Artagnan, et qu'une voix bien connue lui dit :

— Monsieur, je vous apporte votre manteau ; car il fait frais ce soir.

— Planchet ! s'écria d'Artagnan ivre de joie.

— Planchet ! répétèrent Porthos et Aramis.

— Eh bien, oui ! Planchet ! dit Athos, qu'y a-t-il d'étonnant à cela ! Il avait promis d'être de retour à huit heures, et voilà huit heures qui sonnent. Bravo, Planchet ! vous êtes un garçon de parole, et si jamais vous quittez votre maître je vous garde une place à mon service.

—Oh, non! jamais, dit Planchet, jamais je ne quitterai M. d'Artagnan.

Et en même temps d'Artagnan sentit que Planchet lui glissait un billet dans la main.

D'Artagnan avait grande envie d'embrasser Planchet au retour comme il l'avait embrassé au départ; mais il eut peur que cette marque d'effusion, donnée à son laquais en pleine rue, ne parût extraordinaire à quelque passant, et il se contint.

—J'ai le billet, dit-il à Athos et à ses amis.

— C'est bien, dit Athos, entrons chez nous, et nous le lirons.

Le billet brûlait la main de d'Artagnan : il voulait hâter le pas; mais Athos lui prit le bras et le passa sous le sien, et force fut au jeune homme de régler sa course sur celle de son ami.

Enfin, on entra dans la tente, on alluma une lampe, et tandis que Planchet se tenait sur la porte pour que les quatre amis ne fussent pas surpris, d'Artagnan, d'une main tremblante, brisa le cachet et ouvrit la lettre tant attendue.

Elle contenait une demi-ligne, d'une écriture toute britannique et d'une concision toute spartiate.

« *Think you, be easy.* »

Ce qui voulait dire :

« Merci, soyez tranquille. »

Athos prit la lettre des mains de d'Artagnan, l'approcha de la lampe, y mit le feu, et ne la lâcha point qu'elle ne fût réduite en cendres.

Puis, appelant Planchet :

— Maintenant, mon garçon, lui dit-il, tu peux réclamer tes sept cents livres, mais tu ne risquais pas grand'chose avec un billet comme celui-là.

— Ce n'est pas faute que j'aie inventé

bien des moyens de le serrer, dit Planchet.

— Eh bien ! dit d'Artagnan, conte-nous cela.

— Dame ! c'est bien long, monsieur.

— Tu as raison, Planchet, dit Athos ; d'ailleurs la retraite est battue, et nous serions remarqués en gardant de la lumière plus long-temps que les autres.

— Soit, dit d'Artagnan, couchons-nous. Dors bien, Planchet !

— Ma foi, monsieur ! ce sera la première fois depuis seize jours.

— Et moi aussi ! dit d'Artagnan.

— Et moi aussi ! dit Porthos.

— Et moi aussi ! dit Aramis.

— Eh bien ! voulez-vous que je vous avoue la vérité ! et moi aussi ! dit Athos.

FIN DU CINQUIÈME VOLUME.

TABLE DES CHAPITRES.

[illegible]

[illegible]
[illegible]
[illegible]
[illegible]
[illegible]
[illegible]
[illegible]
[illegible]
[illegible]

LES TROIS

MOUSQUETAIRES.

PARIS. IMPRIMÉ PAR BÉTHUNE ET PLON,
RUE DE VAUGIRARD, 36.

LES TROIS
MOUSQUETAIRES.

PAR

ALEXANDRE DUMAS.

VI.

PARIS.
BAUDRY, LIBRAIRE-ÉDITEUR,
34, RUE COQUILLIÈRE;
ET RUE DE LA CHAUSSÉE-D'ANTIN, 22.

M DCCC XLIV.

LES TROIS

MOUSQUETAIRES.

CHAPITRE PREMIER.

FATALITY.

Cependant milady, ivre de colère, rugissant sur le pont du bâtiment comme une lionne qu'on embarque, avait été tentée de se jeter à la mer pour regagner la côte, car elle ne pouvait se faire à l'idée qu'elle avait été insultée par d'Artagnan, menacée par Athos, et qu'elle quittait la France sans se venger d'eux. Bientôt cette idée était devenue pour elle tellement insupportable, qu'au risque de ce qui pouvait en arriver de terrible pour elle-même, elle avait supplié le capitaine de la jeter sur la côte; mais le capitaine, pressé d'échapper à sa fausse position, placé entre les croiseurs français et anglais, comme la chauve-souris entre les rats et les oiseaux, avait grande hâte de regagner l'Angleterre et refusa obstinément d'obéir à ce qu'il prenait pour un caprice de femme, promettant à sa passagère, qui au reste lui était particulièrement recommandée par le cardinal, de la jeter, si la mer et les Français le permettaient, dans un des ports de la Bretagne, soit à Lorient, soit à Brest; mais en attendant le vent était contraire, la mer mauvaise, on louvoyait et l'on courait des bordées. Neuf jours après la sortie de la Charente, milady, toute pâle de ses chagrins et de sa rage, voyait apparaître seulement les côtes bleuâtres du Finistère.

Elle calcula que pour traverser ce coin de la France et revenir près du cardinal il lui fallait au moins trois jours; ajoutez un jour pour le débarquement et cela faisait quatre; ajoutez ces quatre jours aux neuf autres, c'étaient treize jours de perdus, treize jours pendant lesquels tant d'événements importants se pouvaient passer à Londres ; — elle songea que sans aucun doute le cardinal serait furieux de son retour et que par conséquent il serait plus disposé à écouter les plaintes qu'on porterait contre elle que les accusations qu'elle porterait contre les autres. Elle laissa donc passer Lorient et Brest sans insister près du capitaine, qui, de son côté, se garda bien de lui donner l'éveil. Milady continua donc sa route, et le jour même où Planchet s'embarquait de Porstmouth pour la France, la messagère de Son Éminence entrait triomphante dans le port.

Toute la ville était agitée d'un mouvement extraordinaire — quatre grands vaisseaux récemment achevés venaient d'être lancés à la mer ; — debout sur la jetée, chamarré d'or, éblouissant selon son habitude de diamants et de pierreries, le feutre orné d'une plume blanche qui retombait sur son épaule, on voyait Buckingham entouré d'un état-major presque aussi brillant que lui.

C'était une de ces belles et rares journées d'hiver où l'Angleterre se souvient qu'il y a un soleil. L'astre pâli, mais cependant splendide encore, se couchait à l'horizon, empourprant à la fois le ciel et la mer de bandes de feu et jetant sur les tours et les vieilles maisons de la ville un dernier rayon d'or qui faisait étinceler les vitres comme le reflet d'un incendie. Milady, en respirant cet air de la mer plus vif et plus balsamique à l'approche de la terre, en contemplant toute la puissance de ces préparatifs qu'elle était chargée de détruire, toute la puissance de cette armée qu'elle devait combattre à elle seule — à elle femme — avec quelques sacs d'or, se compara mentalement à Judith, la terrible Juive, lorsqu'elle pénétra dans le camp des Assyriens et qu'elle vit la masse énorme de chars, de chevaux, d'hommes et d'armes qu'un geste de sa main devait dissiper comme un nuage de fumée.

On entra dans la rade; mais comme on s'apprêtait à y jeter l'ancre, un petit cutter formidablement armé s'approcha du bâtiment marchand, se donnant comme garde-côte, et fit mettre à la mer son canot, qui se dirigea vers l'échelle — ce canot renfermait un officier, un contre-maître et huit rameurs ;—l'officier seul monta à bord, où il fut reçu avec toute la déférence qu'inspire l'uniforme.

L'officier s'entretint quelques instants avec le patron, lui fit lire quelques papiers dont il était porteur, et, sur l'ordre du capitaine-marchand, tout l'équipage du bâtiment, matelots et passagers, fut appelé sur le pont.

Lorsque cette espèce d'appel fut fait, l'officier s'enquit tout haut du point de départ du brick, de sa route, de ses atterrissements, et à toutes les questions le capitaine satisfit, sans hésitation et sans difficulté. — Alors l'officier commença de passer la revue de toutes les personnes les unes après les autres, et, s'arrêtant à milady, la considéra avec un grand soin, mais sans lui adresser une seule parole.

Puis il revint au capitaine, lui dit encore

quelques mots; et comme si c'eût été à lui désormais que le bâtiment dût obéir, il commanda une manœuvre que l'équipage exécuta aussitôt. — Alors le bâtiment se remit en route, toujours escorté du petit cutter, qui voguait bord à bord avec lui, menaçant son flanc de la bouche de ses six canons; tandis que la barque suivait dans le sillon du navire, faible point près de l'énorme masse.

Pendant l'examen que l'officier avait fait de milady, milady, comme on le pense bien, l'avait de son côté dévoré du regard. Mais, quelque habitude que cette femme aux yeux de flamme eût de lire dans le cœur de ceux dont elle avait besoin de deviner les secrets, elle trouva cette fois un visage d'une impassibilité telle qu'aucune découverte ne suivit son investigation. L'officier qui s'était arrêté devant elle et qui l'avait silencieusement étudiée avec tant de soin pouvait être âgé de 25 à 26 ans, était blanc de visage avec des yeux bleu-clair un peu enfoncés; sa bouche, fine et bien dessinée, demeurait immobile dans ses lignes correctes; son menton, vigoureusement accusé, dénotait cette force de volonté qui, dans le type vulgaire britannique, n'est ordinairement que de l'entêtement; un front un peu fuyant, comme il convient aux poètes, aux enthousiastes et aux soldats, était à peine ombragé d'une chevelure courte et clair-semée qui, comme la barbe qui couvrait le bas de son visage, était d'une belle couleur de châtain-foncé.

Lorsqu'on entra dans le port, il faisait déjà nuit. La brume épaississait encore l'obscurité et formait autour des fanaux et des lanternes des jetées un cercle pareil à celui qui entoure la lune quand le temps menace de devenir pluvieux. L'air qu'on respirait était triste, humide et froid.

Milady, cette femme si forte, se sentait frissonner malgré elle.

L'officier se fit indiquer les paquets de milady, fit porter son bagage dans le canot; et lorsque cette opération fut faite, il l'invita à y descendre elle-même en lui présentant sa main.

Milady regarda cet homme et hésita.

— Qui êtes-vous, monsieur, demanda-t-elle, qui avez la bonté de vous occuper si particulièrement de moi?

— Vous devez le voir, madame, à mon

uniforme. Je suis officier de la marine anglaise, répondit le jeune homme.

— Mais enfin, est-ce l'habitude que les officiers de la marine anglaise se mettent aux ordres de leurs compatriotes lorsqu'elles abordent dans un port de la Grande-Bretagne, et poussent la galanterie jusqu'à les conduire à terre?

— Oui, milady, c'est l'habitude, non point par galanterie mais par prudence, qu'en temps de guerre les étrangers soient conduits à une hôtellerie désignée, afin que jusqu'à parfaite information sur eux ils restent sous la surveillance du gouvernement.

Ces mots furent prononcés avec la politesse la plus exacte et le calme le plus parfait. Cependant ils n'eurent point le don de convaincre milady.

— Mais je ne suis pas étrangère, monsieur, dit-elle avec l'accent le plus pur qui ait jamais retenti de Portsmouth à Manchester, je me nomme lady Clarick, et cette mesure...

— Cette mesure est générale, milady,

et vous tenteriez inutilement de vous y soustraire.

— Je vous suivrai donc, monsieur.

Et acceptant la main de l'officier, elle commença de descendre l'échelle au bas de laquelle l'attendait le canot. L'officier la suivit ; un grand manteau était étendu à la poupe, l'officier la fit asseoir sur le manteau et s'assit près d'elle.

— Nagez, dit-il aux matelots.

Les huit rames retombèrent dans la mer, ne formant qu'un seul bruit, ne frappant qu'un seul coup, et le canot sembla voler sur la surface de l'eau.

Au bout de cinq minutes on touchait à terre.

L'officier sauta sur le quai et offrit la main à milady.

Une voiture attendait.

— Cette voiture est-elle pour nous? demanda milady.

— Oui, madame, répondit l'officier.

— L'hôtellerie est donc bien loin?

— A l'autre bout de la ville.

— Allons! dit milady.

Et elle monta résolument dans la voiture.

L'officier veilla à ce que les paquets fussent soigneusement attachés derrière la caisse, et, cette opération terminée, prit sa place près de milady et ferma la portière.

Aussitôt, sans qu'aucun ordre fût donné et sans qu'on eût besoin de lui indiquer sa destination, le cocher partit au galop et s'enfonça dans les rues de la ville.

Une réception si étrange devait être pour milady une ample matière à réflexion; aussi, voyant que le jeune officier ne paraissait nullement disposé à lier conversation, elle s'accouda dans un angle de la voiture et passa les unes après les autres en revue toutes les suppositions qui se présentaieut à son esprit.

Cependant au bout d'un quart d'heure, étonnée de la longueur du chemin, elle se pencha vers la portière pour voir où on la conduisait. On n'apercevait plus de maisons : des arbres apparaissaient dans les ténèbres comme de grands fantômes noirs courant les uns après les autres.

Milady frissonna.

— Mais nous ne sommes plus dans la ville, monsieur ! dit-elle.

Le jeune officier garda le silence.

— Je n'irai pas plus loin, si vous ne me dites pas où vous me conduisez ; je vous en préviens, monsieur !

Cette menace n'obtint aucune réponse.

— Oh, c'est trop fort ! s'écria milady, au secours ! au secours !

Pas une voix ne répondit à la sienne, la voiture continua de rouler avec rapidité; l'officier semblait une statue.

Milady regarda l'officier avec une de ces expressions terribles particulières à son visage et qui manquaient si rarement leur effet, la colère faisait étinceler ses yeux dans l'ombre.

Le jeune homme resta impassible.

Milady voulut ouvrir la portière et se précipiter.

— Prenez garde, madame, dit froidement le jeune homme, vous vous tuerez en sautant.

Milady se rassit écumante; l'officier se pencha, la regarda à son tour et parut surpris de voir cette figure, si belle naguère, bouleversée par la rage et devenue presque hideuse. L'astucieuse créature comprit qu'elle se perdait en laissant voir ainsi dans son âme; elle rasséréna ses traits, et d'une voix gémissante :

— Au nom du ciel, monsieur ! dites-moi si c'est à vous, si c'est à votre gouvernement, si c'est à un ennemi que je dois attribuer la violence que l'on me fait ?

— On ne vous fait aucune violence, madame, et ce qui vous arrive est le résultat d'une mesure toute simple que nous sommes forcés de prendre avec tous ceux qui débarquent en Angleterre.

— Alors vous ne me connaissez pas, monsieur ?

— C'est la première fois que j'ai l'honneur de vous voir.

— Et, sur votre honneur, vous n'avez aucun sujet de haine contre moi ?

— Aucun, je vous le jure.

Il y avait tant de sérénité, de sang-froid, de douceur même dans la voix du jeune homme, que milady fut rassurée.

Enfin, après une heure de marche à peu près, la voiture s'arrêta devant une grille de fer qui fermait un chemin creux conduisant à un château sévère de forme, massif et isolé. Alors, comme les roues tournaient sur un sable fin, milady entendit un vaste mugissement, qu'elle reconnut pour le bruit de la mer qui vient se briser sur une côte escarpée.

La voiture passa sous deux voûtes, et enfin s'arrêta dans une cour sombre et carrée; presqu'aussitôt la portière de la voiture s'ouvrit, le jeune homme sauta légèrement à terre et présenta sa main à milady, qui s'appuya dessus, et descendit à son tour avec assez de calme.

— Toujours est-il, dit milady en regardant autour d'elle et en ramenant ses yeux sur le jeune officier avec le plus gracieux sourire, que je suis prisonnière; mais ce ne sera pas pour long-temps, j'en suis sûre, ajouta-t-elle, ma conscience et votre politesse, monsieur, m'en sont garants.

Si flatteur que fût le compliment, l'officier ne répondit rien; mais tirant de sa ceinture un petit sifflet d'argent, pareil à celui dont se servent les contre-maîtres sur les bâtiments de guerre, il siffla trois fois, sur trois modulations différentes : alors plusieurs hommes parurent, dételèrent les chevaux fumants et emmenèrent la voiture sous une remise.

Alors l'officier, toujours avec la même politesse calme, invita sa prisonnière à entrer dans la maison. Celle-ci, toujours avec son même visage souriant, lui prit le bras, et entra avec lui sous une porte basse et cintrée qui, par une voûte éclairée seulement au fond, conduisait à un escalier de pierre tournant autour d'une arête de pierre; puis on s'arrêta devant une porte massive qui, après l'introduction dans la serrure d'une clef que le jeune homme portait sur lui, roula lourdement sur ses gonds et donna ouverture à la chambre destinée à milady.

D'un seul regard, la prisonnière eut embrassé l'appartement dans ses moindres détails.

C'était une chambre dont l'ameublement était à la fois bien propre pour une prison et bien propre pour une habitation d'homme libre; cependant, des barreaux aux fenêtres et des verrous extérieurs à la porte décidaient le procès en faveur de la prison.

Un instant toute la force d'âme de cette créature, trempée cependant aux sources les plus vigoureuses, l'abandonna; elle tomba sur un fauteuil, croisant les bras, baissant la tête, et s'attendant à chaque instant à voir entrer un juge pour l'interroger.

Mais personne n'entra que deux ou trois soldats de marine qui apportèrent les malles et les caisses, les déposèrent dans un coin et se retirèrent sans rien dire.

L'officier présidait à tous les détails avec le même calme que milady lui avait constamment vu; ne prononçant pas une parole lui-même, et se faisant obéir d'un geste de sa main ou d'un coup de son sifflet.

On eût dit qu'entre cet homme et ses inférieurs la langue parlée n'existait pas ou était devenue inutile.

Enfin milady n'y put tenir plus longtemps, elle rompit le silence :

— Au nom du ciel, monsieur ! s'écria-t-elle, que veut dire tout ce qui se passe ? Fixez mes irrésolutions ; j'ai du courage pour tout danger que je prévois, pour tout malheur que je comprends. Où suis-je et que suis-je ici ? suis-je libre, pourquoi ces barreaux et ces portes ? suis-je prisonnière, quel crime ai-je commis ?

Vous êtes ici dans l'appartement qui vous est destiné, madame. J'ai reçu l'ordre d'aller vous prendre en mer et de vous conduire en ce château ; cet ordre, je l'ai accompli, je crois, avec toute la rigidité d'un soldat, mais aussi avec toute la courtoisie d'un gentilhomme. Là se termine, du moins jusqu'à présent, la charge que j'avais à remplir près de vous, le reste regarde une autre personne.

— Et, cette autre personne, quelle est-elle, demanda milady, ne pouvez-vous me me dire son nom ?...

En ce moment on entendit par les escaliers un grand bruit d'éperons, quelques voix passèrent et s'éteignirent, et le bruit d'un pas isolé se rapprocha de la porte.

— Cette personne, la voici, madame, dit l'officier en démasquant le passage et en se rangeant dans l'attitude du respect et de la soumission.

En même temps la porte s'ouvrit, un homme parut sur le seuil de la porte.

Il était sans chapeau, portait l'épée au côté, et froissait un mouchoir entre ses doigts.

Milady crut reconnaître cette ombre dans l'ombre, elle s'appuya d'une main sur le bras de son fauteuil, et avança la tête comme pour aller au-devant d'une certitude.

Alors l'étranger s'avança lentement; et à mesure qu'il s'avançait en entrant dans le cercle de lumière projeté par la lampe, milady se reculait involontairement.

Puis lorsqu'elle n'eut plus aucun doute :

— Eh quoi, mon frère! s'écria-t-elle au comble de la stupeur, c'est vous?

— Oui, belle dame! répondit lord de Winter en faisant un salut moitié courtois, moitié ironique, moi-même.

— Mais, alors, ce château?

— Est à moi.

— Cette chambre?

— C'est la vôtre.

— Je suis donc votre prisonnière ?

— A peu près.

— Mais c'est un abus affreux de la force !

— Pas de grands mots ; asseyons-nous et causons tranquillement, comme il convient de faire entre un frère et une sœur.

Puis se retournant vers la porte et voyant que le jeune officier attendait ses derniers ordres :

— C'est bien, dit-il, je vous remercie ; maintenant laissez-nous, monsieur Felton.

CHAPITRE II.

CAUSERIE D'UN FRÈRE AVEC UNE SOEUR.

Pendant le temps que lord de Winter mit à fermer la porte, à pousser un volet et à approcher un siége du fauteuil de sa belle-sœur, milady, rêveuse, plongea son regard dans les profondeurs de la possibilité et découvrit toute la trame qu'elle n'avait pas même pu entrevoir tant qu'elle ignorait en quelles mains elle était tombée. Elle connaissait son beau-frère pour un bon gentilhomme, franc chasseur, joueur intrépide, entreprenant près des femmes, mais d'une force au-dessous de la moyenne en intrigues. Comment avait-il pu découvrir son arrivée, la faire saisir? pourquoi la retenait-il?

Athos lui avait bien dit quelques mots qui prouvaient que la conversation qu'elle avait eue avec le cardinal était tombée dans des oreilles étrangères, mais elle ne pouvait admettre qu'il eût pu creuser une contre-mine si prompte et si hardie. Elle craignit bien plutôt que ses précédentes opérations en Angleterre n'eussent été découvertes. Buckingham pouvait avoir deviné que c'était elle qui avait coupé les deux ferrets et se venger de cette petite trahison ; mais Buckingham était incapable de se porter à aucun excès contre une femme, surtout si cette femme était censée avoir agi par un sentiment de jalousie.

Cette supposition lui parut la plus vraisemblable; il lui sembla qu'on voulait se venger du passé et non aller au-devant de l'avenir. Toutefois, et en tout cas, elle s'applaudit d'être tombée entre les mains de son beau-frère, dont elle comptait avoir bon marché, plutôt qu'entre celles d'un ennemi direct et intelligent.

— Oui, causons, mon frère, dit-elle avec une espèce d'enjouement, décidée qu'elle était à tirer de la conversation, malgré toute la dissimulation que pourrait y apporter lord de Winter, les éclaircissements dont elle avait besoin pour régler sa conduite à venir.

— Vous vous êtes donc décidée à revenir en Angleterre, dit lord de Winter, malgré la résolution que vous m'aviez si souvent manifestée à Paris de ne jamais remettre les pieds sur le territoire de la Grande-Bretagne?

Milady répondit à une question par une autre question.

— Avant tout, dit-elle, apprenez-moi donc comment vous m'avez fait guetter assez sévèrement pour être d'avance prévenu non-seulement de mon arrivée, mais encore du jour, de l'heure et du port où j'arriverais.

Lord de Winter adopta la même tactique que milady, pensant que, puisque sa belle-sœur l'employait, ce devait être la bonne.

— Mais, dites-moi vous-même, ma chère sœur, reprit-il, ce que vous venez faire en Angleterre.

— Mais, je viens vous voir, reprit milady, sans savoir combien elle aggravait par cette réponse les soupçons qu'avait fait naître dans l'esprit de son beau-frère la lettre de d'Artagnan, et voulant seulement captiver la bienveillance de son auditeur par un mensonge.

— Ah ! me voir ? dit sournoisement de Winter.

— Sans doute, vous voir. Qu'y a-t-il d'étonnant à cela?

— Et vous n'avez pas en venant en Angleterre d'autre but que de me voir?

— Non.

— Ainsi, c'est pour moi seul que vous vous êtes donné la peine de traverser la Manche?

— Pour vous seul.

— Peste! quelle tendresse, ma sœur!

— Mais ne suis-je pas votre plus proche parente? demanda milady du ton de la plus touchante naïveté.

— Et même ma seule héritière, n'est-ce pas? dit à son tour lord de Winter, en fixant ses yeux sur ceux de milady.

Quelque puissance qu'elle eût sur elle-même, milady ne put s'empêcher de tressaillir, et comme, en prononçant les dernières paroles qu'il avait dites, lord de Winter avait posé la main sur le bras de sa sœur, ce tressaillement ne lui échappa point.

En effet le coup était direct et profond. La première idée qui vint à l'esprit de milady est qu'elle avait été trahie par Ketty et que celle-ci avait raconté au baron cette aversion intéressée dont elle avait imprudemment laissé échapper des marques devant sa suivante; elle se rappela aussi la sortie furieuse et imprudente qu'elle avait faite contre d'Artagnan, lorsqu'il avait sauvé la vie de son beau-frère.

— Je ne comprends pas, milord, dit-elle, pour gagner du temps et faire parler son adversaire. Que voulez-vous dire? et y a-t-il quelque sens inconnu caché sous vos paroles?

— Oh! mon Dieu, non, dit lord de Winter avec une apparente bonhomie; vous avez le désir de me voir et vous venez en Angleterre. J'apprends ce désir, ou plutôt je me doute que vous l'éprouvez, et afin de vous épargner tous les ennuis d'une arrivée nocturne dans un port, toutes les fatigues d'un débarquement, j'envoie un de mes officiers au-devant de vous, je mets une voiture à ses ordres, et il vous amène ici dans ce château, dont je suis gouverneur, où je viens tous les jours et où, pour que notre double désir de nous voir soit satisfait, je vous fais préparer une chambre. Qu'y a-t-il dans tout ce que je dis là de plus étonnant que dans ce que vous m'avez dit?

— Non, ce que je trouve d'étonnant c'est que vous ayez été prévenu de mon arrivée.

— C'est cependant la chose la plus simple, ma chère sœur; n'avez-vous pas vu que le capitaine de votre petit bâtiment avait, en entrant dans la rade, envoyé en avant et afin d'obtenir son entrée dans le port, un petit canot porteur de son livre de loch et de son registre d'équipage? Je suis commandant du port, on m'a apporté ce livre, j'y ai reconnu votre nom. Mon cœur m'a dit ce que vient de me confirmer votre bouche, c'est-à-dire dans quel but vous vous exposiez aux dangers d'une mer si périlleuse ou tout au moins si fatigante en ce moment, et j'ai envoyé mon cutter au-devant de vous. Vous savez le reste.

Milady comprit que lord de Winter mentait et n'en fut que plus effrayée.

— Mon frère, continua-t-elle, n'est-ce

pas milord Buckingham que je vis sur la jetée, le soir en arrivant?

— Lui-même. Ah! je comprends que sa vue vous ait frappée, reprit lord de Winter; vous venez d'un pays où l'on doit beaucoup s'occuper de lui, et je sais que ses armements contre la France préoccupent fort votre ami le cardinal.

— Mon ami le cardinal! s'écria milady voyant que sur ce point comme sur l'autre lord de Winter paraissait instruit de tout.

— N'est-il donc point votre ami? reprit

négligemment le baron ; ah ! pardon, je le croyais ; mais nous reviendrons à milord-duc plus tard, ne nous écartons point du tour tout sentimental que la conversation avait prise : vous veniez, disiez-vous, pour me voir ?

— Oui.

— Eh bien ! je vous ai répondu que vous seriez servie à souhait, et que nous nous verrions tous les jours.

— Dois-je donc demeurer éternellement ici ? demanda milady avec un certain effroi.

— Vous trouveriez-vous mal logée, ma sœur ? demandez ce qui vous manque, et je m'empresserai de vous le faire donner.

— Mais je n'ai ni mes femmes, ni mes gens.

— Vous aurez tout cela, madame; dites-moi sur quel pied votre premier mari avait monté votre maison, quoique je ne sois que votre beau-frère, je vous la monterai sur un pied pareil.

— Mon premier mari ! s'écria milady en regardant lord de Winter avec des yeux effarés.

— Oui, votre mari français; je ne parle pas de mon frère. Au reste, si vous l'avez oublié, comme il vit encore, je pourrais lui écrire et il me ferait passer des renseignements à ce sujet.

Une sueur froide passa sur le front de milady.

— Vous raillez, dit-elle d'une voix sourde.

— En ai-je l'air? demanda le baron en se relevant et en faisant un pas en arrière.

— Ou plutôt vous m'insultez, continua-t-elle en pressant de ses mains crispées les deux bras du fauteuil et en se soulevant sur ses poignets.

— Vous insulter, moi ! dit lord Winter avec mépris ; en vérité, madame, croyez-vous que ce soit possible ?

— En vérité, monsieur, dit milady, vous êtes ou ivre ou insensé ; sortez et envoyez-moi une femme.

— Des femmes sont bien indiscrètes, ma sœur ! ne pourrais-je pas vous servir de suivante ? de cette façon, tous nos secrets resteraient en famille.

— Insolent ! s'écria milady, et, comme mue par un ressort, elle bondit sur le baron, qui l'attendait les bras croisés, mais une main cependant sur la garde de son épée.

— Eh, eh ! dit-il, je sais que vous avez l'habitude d'assassiner les gens, mais je me défendrai, moi, je vous en préviens, fût-ce contre vous.

— Oh ! vous avez raison, dit milady, et vous me faites l'effet d'être assez lâche pour porter la main sur une femme.

— Peut-être que oui ; d'ailleurs j'aurais mon excuse : ma main ne serait pas la première main d'homme qui se serait posée sur vous, j'imagine.

Et le baron indiqua d'un geste lent et accusateur l'épaule gauche de milady, qu'il toucha presque du doigt.

Milady poussa un rugissement sourd et se recula jusque dans l'angle de la chambre, comme une panthère qui veut s'acculer pour s'élancer.

— Oh ! rugissez tant que vous voudrez, s'écria lord de Winter, mais n'essayez pas de mordre, car, je vous en préviens, la chose tournerait à votre préjudice; il n'y a pas ici de procureurs qui règlent d'avance les successions, il n'y a pas de chevalier errant qui vienne me chercher querelle pour la belle dame que je retiens prisonnière; mais je tiens tout prêts des juges qui disposeront d'une femme assez éhontée pour venir se glisser, bigame, dans le lit de lord de Winter, mon frère aîné, et ces juges, je vous en préviens, vous enverront à un bourreau qui vous fera les deux épaules pareilles.

Les yeux de milady lançaient de tels éclairs, que quoiqu'il fût homme et armé devant une femme désarmée, il sentit le froid de la peur se glisser jusqu'au fond de son âme; il n'en continua pas moins, mais avec une fureur croissante.

— Oui, je comprends, après avoir hérité de mon frère, il vous eût été doux d'hériter de moi; mais, sachez-le d'avance, vous pouvez me tuer ou me faire tuer, mes précautions sont prises: pas un penny de ce que je possède ne passera dans vos mains. N'êtes-vous pas déjà assez riche, vous qui possédez près d'un million, et ne pouviez-vous vous arrêter dans votre route fatale, si vous ne faisiez le mal que pour la jouissance infinie et suprême de le faire. Oh ! tenez, je vous le dis, si la mémoire de mon frère ne m'était sacrée, vous iriez pourrir dans un cachot d'État ou rassasier à Tyburn la curiosité des matelots; je me tairai, mais vous, supportez tranquillement votre captivité : dans quinze ou vingt jours je pars pour La Rochelle avec l'armée; mais la veille de mon départ, un vaisseau viendra vous prendre, que je verrai partir, et qui vous conduira dans nos colonies du sud; et soyez tranquille, je vous adjoindrai un compagnon qui vous brûlera la cervelle à la première tentative que vous risquerez pour revenir ou en Angleterre ou sur le continent.

Milady écoutait avec une attention qui dilatait ses yeux enflammés.

— Oui, à cette heure, continua lord de Winter, vous demeurerez dans ce château : les murailles en sont épaisses, les portes en sont fortes, les barreaux en sont solides, d'ailleurs votre fenêtre donne à pic sur la mer ; les hommes de mon équipage, qui me sont dévoués à la vie et à la mort, montent la garde autour de cet appartement, et surveillent tous les passages qui conduisent à la cour ; puis, arrivée à la cour, il vous resterait encore trois grilles à traverser. La consigne est précise : un pas, un geste, un mot qui simule une évasion, et l'on fait feu sur vous; si l'on vous tue, la justice anglaise m'aura, je l'espère, quelque obligation de lui avoir épargné de la besogne. Ah ! vos traits reprennent leur calme, votre visage retrouve son assurance: Quinze jours, vingt jours, dites-vous, bah ! d'ici là, j'ai l'esprit inventif, il me viendra quelque idée; j'ai l'esprit infernal, et je trouverai quelque victime. D'ici à quinze jours, vous dites-vous, je serai hors d'ici. Ah, ah ! essayez !

Milady se voyant devinée s'enfonça les ongles dans la chair pour dompter tout mouvement qui eût pu donner à sa physionomie une signification quelconque, autre que celle de l'angoisse.

Lord de Winter continua :

— L'officier qui commande seul ici en mon absence, vous l'avez vu, donc vous le connaissez déjà ; il sait, comme vous voyez, observer une consigne, car vous n'êtes pas, je vous connais, venue de Portsmouth ici sans avoir essayé de le faire parler. Qu'en dites-vous ? une statue de marbre eût-elle été plus impassible et plus muette ? Vous avez déjà essayé le pouvoir de vos séductions sur bien des hommes, et malheureusement vous avez toujours réussi ; mais essayez sur celui-là, pardieu ! si vous en venez à bout, je vous déclare le démon lui-même.

Il alla vers la porte et l'ouvrit brusquement.

—Qu'on appelle monsieur Felton, dit-il.

Attendez encore un instant, et je vais vous recommander à lui.

Il se fit entre ces deux personnages un silence étrange, pendant lequel on entendit le bruit d'un pas lent et régulier qui se rapprochait ; bientôt, dans l'ombre du corridor, on vit se dessiner une forme humaine, et le jeune lieutenant avec lequel nous avons déjà fait connaissance s'arrêta sur le seuil, attendant les ordres du baron.

— Entrez, mon cher John, dit lord de Winter, entrez et fermez la porte.

Le jeune officier entra.

— Maintenant, dit le baron, regardez cette femme: elle est jeune, elle est belle, elle a toutes les séductions de la terre, eh bien! c'est un monstre qui, à vingt-cinq ans, s'est rendu coupable d'autant de crimes que vous pouvez en lire en un an dans les archives de nos tribunaux ; sa voix prévient en sa faveur, sa beauté sert d'appât aux victimes, son corps même paye ce qu'elle a promis, c'est une justice à lui rendre ; elle essaiera de vous séduire, peut-être même essaiera-t-elle de vous tuer. Je vous ai tiré de la misère, Felton, je vous ai fait nommer lieutenant, je vous ai sauvé la vie une fois, vous savez à quelle occasion ; je suis pour vous non-seulement un protecteur, mais un ami ; non-seule- un bienfaiteur, mais un père ; cette femme est venue en Angleterre afin de conspirer contre ma vie ; je tiens ce serpent entre mes mains ; eh bien ! je vous fais appeler et vous dis : Ami Felton, John, mon enfant, garde-moi et surtout garde-toi de cette femme; jure sur ton salut de la conserver pour le châtiment qu'elle a mérité. John Felton, je me fie à ta parole; John Felton, je crois à ta loyauté.

— Milord, dit le jeune officier, en chargeant son regard pur de toute la haine qu'il put trouver dans son cœur; milord, je vous jure qu'il sera fait comme vous désirerez.

Milady reçut ce regard en victime résignée : il était impossible de voir une expression plus soumise et plus douce que celle qui régnait alors sur son beau visage. A peine si lord de Winter lui-même reconnut la tigresse qu'un instant auparavant il s'apprêtait à combattre.

— Elle ne sortira jamais de cette chambre, entendez-vous, John, continua le baron, elle ne correspondra avec personne, elle ne parlera qu'à vous, si toutefois vous voulez bien lui faire l'honneur de lui adresser la parole.

— Il suffit, milord, j'ai juré.

— Et maintenant, madame, tâchez de faire la paix avec Dieu, car vous êtes jugée par les hommes.

Milady laissa tomber sa tête comme si elle se fût sentie écrasée par ce jugement. Lord de Winter sortit en faisant un geste à Felton, qui sortit derrière lui et ferma la porte.

Un instant après on entendait dans le corridor le pas pesant d'un soldat de marine qui faisait sentinelle, sa hache à la ceinture et son mousquet à la main.

Milady demeura pendant quelques minutes dans la même position, car elle songea qu'on l'examinait peut-être par la serrure ; puis lentement elle releva sa tête, qui avait repris une expression formidable de menace et de défi; courut écouter à la porte, regarda par la fenêtre, et revenant s'enterrer dans un vaste fauteuil,

Elle songea.

CHAPITRE III.

OFFICIER.

Cependant le cardinal attendait des nouvelles d'Angleterre, mais aucune nouvelle n'arrivait si ce n'est fâcheuse et menaçante.

Si bien que la Rochelle fût investie, si certain que pût paraître le succès, grâce aux précautions prises et surtout à la digue qui ne laissait plus pénétrer aucune barque dans la ville assiégée, cependant le blocus pouvait durer long-temps encore, et c'était un grand affront pour les armes du roi et une grande gêne pour M. le cardinal, qui n'avait plus, il est vrai, à brouiller Louis XIII avec Anne d'Autriche, la chose était faite, mais à raccommoder M. de Bassompierre, qui était brouillé avec le duc d'Angoulême.

Quant à Monsieur, qui avait commencé

le siége, il laissait au cardinal le soin de l'achever.

La ville, malgré l'incroyable persévérance de son maire, avait tenté une espèce de mutinerie pour se rendre; le maire avait fait pendre les émeutiers. Cette exécution calma les plus mauvaises têtes, qui se décidèrent alors à se laisser mourir de faim. Cette mort leur paraissait toujours plus lente et moins sûre que le trépas par strangulation.

De leur côté, de temps en temps les assiégeants prenaient des messagers que les Rochelais envoyaient à Buckingham ou des espions que Buckingham envoyait aux Rochelais. Dans l'un et l'autre cas le procès était vite fait. M. le cardinal disait ce seul mot : Pendu ! On invitait le roi à venir voir la pendaison. Le roi venait languissamment, se mettait en bonne place pour voir l'opération dans tous ses détails : cela le distrayait toujours un peu et lui faisait prendre le siége en patience, mais cela ne l'empêchait pas de s'ennuyer fort, de parler à tous moments de retourner à Paris ; de sorte que si les messagers et les espions n'eussent point fait défaut, Son Éminence, malgré toute son imagination, se fût trouvée fort embarrassée.

Néanmoins le temps passait, les Rochelais ne se rendaient pas : le dernier espion que l'on avait pris était porteur d'une lettre. Cette lettre disait bien à Buckingham que la ville était à toute extrémité ; mais au lieu d'ajouter : Si votre secours n'arrive pas avant quinze jours, nous nous rendrons, elle ajoutait tout simplement : « Si votre secours n'arrive pas avant quinze jours, nous serons tous morts de faim quand il arrivera. »

Les Rochelais n'avaient donc d'espoir qu'en Buckingham. Buckingham était leur messie. Il était évident que si un jour ils apprenaient d'une manière certaine qu'il ne fallait plus compter sur Buckingham, avec l'espoir leur courage tomberait.

Il attendait donc avec grande impatience des nouvelles d'Angleterre qui devaient annoncer que Buckingham ne viendrait pas.

La question d'emporter la ville de vive force, débattue souvent dans le conseil du roi, avait toujours été écartée; d'abord La Rochelle semblait imprenable, puis le cardinal, quoi qu'il eût dit, savait bien que l'horreur du sang répandu en cette rencontre, où Français devaient combattre contre Français, était un mouvement rétrograde de soixante ans imprimé à la politique, et le cardinal était à cette époque ce qu'on appelle aujourd'hui un homme du progrès. En effet, le sac de La Rochelle et l'assassinat de trois ou quatre mille huguenots qui se fussent fait tuer ressemblait trop, en 1628, au massacre de la Saint-Barthélemy en 1572; et puis, par-dessus tout cela, ce moyen extrême, auquel le roi, bon catholique, ne répugnait aucunement, venait toujours échouer contre cet argument des généraux assiégeants: La Rochelle est imprenable autrement que par la famine.

Le cardinal ne pouvait écarter de son esprit la crainte où le jetait sa terrible émissaire, car il avait compris, lui aussi, les proportions étranges de cette femme, tantôt serpent, tantôt lion; l'avait-elle trahi? était-elle morte? Il la connaissait assez, en tout cas, pour savoir qu'en agissant pour lui ou contre lui, amie ou ennemie, elle ne demeurait pas immobile sans de grands empêchements; mais d'où venaient ces empêchements? C'était ce qu'il ne pouvait savoir.

Au reste, il comptait, et avec raison, sur milady; il avait deviné dans le passé de cette femme de ces choses terribles que son manteau rouge pouvait seul couvrir ; et il sentait que, pour une cause ou pour une autre, cette femme lui était acquise, ne pouvant trouver qu'en lui un appui supérieur au danger qui la menaçait.

Il résolut donc de faire la guerre tout seul et de n'attendre tout succès étranger à lui que comme on attend une chance heureuse. Il continua de faire élever la fameuse digue qui devait affamer La Rochelle ; en attendant, il jeta les yeux sur cette malheureuse ville, qui renfermait tant de misère profonde et tant d'héroïques vertus, et, se rappelant le mot de Louis XI, son prédécesseur politique, comme lui-même était le prédécesseur de Robespierre, il se rappela cette maxime du compère de Tristan : « Diviser pour régner. »

Henri IV, assiégeant Paris, faisait jeter par-dessus les murailles du pain et des vivres; le cardinal fit jeter des petits billets par lesquels il représentait aux Rochelais combien la conduite de leurs chefs était injuste, égoïste et barbare; ces chefs avaient du blé en abondance, et ne le partageaient pas; ils adoptaient pour maxime, car eux aussi avaient des maximes, que peu importait que les femmes, les enfants et les vieillards mourussent, pourvu que les hommes qui devaient défendre leurs murailles restassent forts et bien portants. Jusque-là, soit dévouement, soit impuissance de réagir contre elle, cette maxime, sans être généralement adoptée, était cependant passée de la théorie à la pratique; mais les billets vinrent y porter atteinte. Les billets rappelaient aux hommes que ces enfants, ces femmes, ces vieillards qu'on laissait mourir étaient leurs fils, leurs épouses et leurs pères, qu'il serait plus juste que chacun fût réduit à la misère commune, afin qu'une même position fît prendre des résolutions unanimes.

Ces billets firent tout l'effet qu'en pouvait attendre celui qui les avait écrits, en ce qu'ils déterminèrent un grand nombre d'habitants à ouvrir des négociations particulières avec l'armée royale.

Mais au moment où le cardinal voyait déjà fructifier son moyen et s'applaudissait de l'avoir mis en usage, un habitant de La Rochelle, qui avait pu passer à travers les lignes royales, Dieu sait comment, tant était grande la triple surveillance de Bassompierre, de Schomberg et du duc d'Angoulême, surveillés eux-mêmes par le cardinal; un habitant de La Rochelle, disons-nous, entra dans la ville, venant de Porstmouth et disant qu'il avait vu une flotte magnifique prête à mettre à la voile avant huit jours. De plus, Buckingham annonçait au maire qu'enfin la grande ligue contre la France allait se déclarer, et que le royaume allait être envahi à la fois par les armées anglaises, impériales et espagnoles. Cette lettre fut lue publiquement sur toutes les places, on en afficha des copies aux angles des rues, et ceux-là même qui avaient commencé d'ouvrir des négociations les interrompirent, résolus d'attendre ce secours si pompeusement annoncé.

Cette circonstance inattendue rendit à Richelieu ses inquiétudes premières et le força malgré lui à tourner de nouveau les yeux de l'autre côté de la mer.

Pendant ce temps, exempte des inquiétudes de son seul et véritable chef, l'armée royale menait joyeuse vie, les vivres ne manquant pas au camp, ni l'argent non plus; tous les corps rivalisaient d'audace et de gaieté. Prendre des espions et les pendre, faire des expéditions hasardeuses sur la digue ou sur la mer, imaginer des folies, les exécuter froidement, tel était le passe-temps qui faisait trouver courts à l'armée ces jours si longs, non-seulement pour les Rochelais rongés par la famine et l'anxiété, mais encore pour le cardinal qui les bloquait si vivement.

Quelquefois, quand le cardinal toujours chevauchant comme le dernier gendarme de l'armée, promenait son regard pensif sur ces ouvrages si lents au gré de son désir, qu'élevaient sous son ordre les ingénieurs qu'il faisait venir de tous les coins du royaume de France, s'il rencontrait un mousquetaire de la compagnie de Tréville, il s'approchait de lui et le regardait d'une façon singulière, et ne le reconnaissant pas pour un de nos quatre compagnons, il laissait aller ailleurs son regard profond et sa vaste pensée.

Un jour où rongé d'un mortel ennui, sans espérance dans les négociations avec la ville, sans nouvelles d'Angleterre, le cardinal était sorti sans autre but que de sortir, accompagné seulement de Cahusac et de La Houdinière, longeant les grèves et mêlant l'immensité de ses rêves à l'immensité de l'Océan, il arriva au petit pas de son cheval sur une colline du haut de laquelle il aperçut derrière une haie, couchés sur le sable et prenant au passage un de ces rayons de soleil si rares à cette époque de l'année, sept hommes entourés de bouteilles vides. Quatre de ces hommes étaient nos mousquetaires s'apprêtant à écouter la lecture d'une lettre que l'un d'eux venait de recevoir. Cette lettre était si importante qu'elle avait fait abandonner sur un tambour des cartes et des dés.

Les trois autres s'occupaient à décoiffer une énorme dame-jeanne de vin de Collioure; c'étaient les laquais de ces messieurs.

Le cardinal, comme nous l'avons dit, était de sombre humeur, et rien, quand il était dans cette situation d'esprit, ne redoublait sa maussaderie comme la gaîeté des autres. D'ailleurs il avait une préoccupation étrange, c'était de croire toujours que c'étaient les causes de sa tristesse à lui qui faisaient la gaieté des autres. Faisant signe à La Houdinière et à Cahusac de s'arrêter, il descendit de cheval et s'approcha de ces rieurs suspects, espérant qu'à l'aide du sable qui assourdissait ses pas et de la haie qui voilait sa marche, il pourrait entendre quelques mots de cette conversation qui lui paraissait si intéressante; à dix pas de la haie seulement il reconnut le babil gascon, et comme il savait déjà que ces hommes étaient des mousquetaires, il ne douta pas que les trois autres ne fussent ceux qu'on appelait les inséparables, c'est-à-dire Athos, Porthos et Aramis.

On juge si son désir d'entendre la conversation s'augmenta de cette découverte; ses yeux prirent une expression étrange, et d'un pas de chat-tigre il s'avança vers la haie, mais il n'avait pu saisir encore que des syllabes vagues et sans aucun sens positif, lorsqu'un cri sonore et bref le fit tressaillir et attira l'attention des mousquetaires.

— Officier! cria Grimaud.

— Vous parlez, je crois, drôle, dit Athos se soulevant sur un coude et fascinant Grimaud de son regard flamboyant.

Aussi Grimaud n'ajouta-t-il point une

parole, se contentant de tendre le doigt indicateur dans la direction de la haie et dénonçant par ce geste le cardinal et son escorte.

D'un seul bond les quatre mousquetaires furent sur pied et saluèrent avec respect.

Le cardinal semblait furieux.

— Il paraît qu'on se fait garder chez messieurs les mousquetaires! dit-il. Est-ce que l'Anglais vient par terre, ou serait-ce que les mousquetaires se regardent comme des officiers supérieurs?

— Monseigneur, répondit Athos, car au milieu de l'effroi général lui seul avait conservé ce calme et ce sang-froid de grand seigneur qui ne le quittait jamais, monseigneur, les mousquetaires lorsqu'ils ne sont pas de service, ou que leur service est fini, boivent et jouent aux dés, et ils sont des officiers très-supérieurs pour leurs laquais.

— Des laquais, grommela le cardinal, des laquais qui ont la consigne d'avertir leurs maîtres quand passe quelqu'un, ce ne sont point des laquais, ce sont des sentinelles.

— Son Éminence voit bien cependant que si nous n'avions point pris cette précaution nous étions exposés à la laisser passer sans lui présenter nos respects et lui offrir nos remercîments pour la grâce qu'elle nous a faite de nous réunir. D'Artagnan, continua Athos, vous qui tout à l'heure demandiez cette occasion d'exprimer votre reconnaissance à monseigneur, la voici venue, profitez-en.

Ces mots furent prononcés avec ce flegme imperturbable qui distinguait Athos dans les heures du danger, et cette excessive politesse qui faisait de lui dans certains moments un roi plus majestueux que les rois de naissance.

D'Artagnan s'approcha et balbutia quelques paroles de remercîment, qui bientôt expirèrent sous le regard assombri du cardinal.

— N'importe, messieurs, continua le cardinal sans paraître le moins du monde détourné de son intention première par l'incident qu'Athos avait soulevé; n'importe, messieurs, je n'aime pas que de simples soldats, parce qu'ils ont l'avantage de servir dans un corps privilégié, fassent ainsi les grands seigneurs, et la discipline est la même pour eux que pour tout le monde.

Athos laissa le cardinal achever parfaitement sa phrase, et, s'inclinant en signe d'assentiment, il reprit à son tour :

— La discipline, monseigneur, n'a en aucune façon, je l'espère, été oubliée par nous. Nous ne sommes pas de service, et nous avons cru que n'étant pas de service nous pouvions disposer de notre temps comme bon nous semblait. Si nous sommes assez heureux pour que Son Éminence ait quelque ordre particulier à nous donner, nous sommes prêts à lui obéir. Monseigneur voit, continua Athos en fronçant le sourcil, car cette espèce d'interrogatoire commençait à l'impatienter, que pour être prêts à la moindre alerte nous sommes sortis avec nos armes.

Et il montra du doigt au cardinal les quatre mousquets en faisceau près du tambour sur lequel étaient les cartes et les dés.

— Votre Éminence veuille croire, ajouta d'Artagnan, que nous eussions été au-devant d'elle si nous eussions pu supposer que c'était elle qui venait vers nous en si petite compagnie.

Le cardinal se mordait les moustaches et un peu les lèvres.

— Savez-vous de quoi vous avez l'air, toujours ensemble, comme vous voilà, armés comme vous êtes, et gardés par vos laquais? dit le cardinal, vous avez l'air de quatre conspirateurs.

— Oh! quant à ceci, monseigneur, c'est vrai, dit Athos, et nous conspirons comme Votre Éminence a pu le voir l'autre matin, seulement c'est contre les Rochelais.

— Eh, messieurs les politiques ! reprit le cardinal en fronçant le sourcil à son tour, on trouverait peut-être dans vos cervelles le secret de bien des choses qui sont ignorées, si on pouvait y lire comme vous lisiez dans cette lettre que vous avez cachée quand vous m'avez vu venir.

Le rouge monta à la figure d'Athos, il fit un pas vers Son Éminence.

— On dirait que vous nous soupçonnez réellement, monseigneur, et que nous subissons un véritable interrogatoire; s'il en est ainsi, que Votre Éminence daigne s'expliquer, et nous saurons du moins à quoi nous en tenir.

— Et quand cela serait un interrogatoire, reprit le cardinal, d'autres que vous en ont subi, monsieur Athos, et y ont répondu.

— Aussi, monseigneur, ai-je dit à Votre Éminence qu'elle n'avait qu'à questionner, et que nous étions prêts à répondre.

— Quelle était cette lettre que vous alliez lire, monsieur Aramis, et que vous avez cachée ?

— Une lettre de femme, monseigneur.

— Oh ! je conçois, dit le cardinal, il faut être discret pour ces sortes de lettres ; mais cependant on peut les montrer à un confesseur, et, vous le savez, j'ai reçu les ordres.

— Monseigneur, dit Athos avec un calme d'autant plus terrible qu'il jouait sa tête en faisant cette réponse, la lettre est d'une femme, mais elle n'est signée ni Marion de Lorme, ni madame d'Aiguillon.

Le cardinal devint pâle comme la mort,

un éclair fauve sortit de ses yeux; il se retourna comme pour donner un ordre à Cahusac et à La Houdinière. Athos vit le mouvement; il fit un pas vers les mousquetons, sur lesquels les trois amis avaient les yeux fixés en hommes mal disposés à se laisser arrêter. Le cardinal était, lui, troisième; les mousquetaires, y compris les laquais, étaient sept: il jugea que la partie serait d'autant moins égale, qu'Athos et ses compagnons conspiraient réellement; et par un de ces retours rapides qu'il tenait toujours à sa disposition, toute sa colère se fondit dans un sourire.

— Allons, allons! dit-il, vous êtes de

braves jeunes gens, fiers au soleil, fidèles dans l'obscurité, et il n'y a pas de mal à veiller sur soi quand on veille si bien sur les autres; messieurs, je n'ai point oublié la nuit où vous m'avez servi d'escorte pour aller au Colombier-Rouge: s'il y avait quelque danger à craindre sur la route que je vais suivre, je vous prierais de m'accompagner; mais, comme il n'y en a pas, restez où vous êtes, achevez vos bouteilles, votre partie et votre lettre. Adieu, messieurs.

Et, remontant sur son cheval, que Cahusac lui avait amené, il les salua de la main et s'éloigna.

Les quatre jeunes gens, debout et immobiles, le suivirent des yeux sans dire un seul mot jusqu'à ce qu'il eût disparu.

Puis ils se regardèrent.

Tous avaient la figure consternée, car, malgré l'adieu amical de Son Éminence, ils comprenaient que le cardinal s'en allait la rage dans le cœur.

Athos seul souriait d'un sourire puissant et dédaigneux.

Quand le cardinal fut hors de la portée de la voix et de la vue :

— Ce Grimaud a guetté bien tard ! s'écria Porthos, qui avait grande envie de faire tomber sa mauvaise humeur sur quelqu'un.

Grimaud allait répondre pour s'excuser, Athos leva le doigt et Grimaud se tut.

— Auriez-vous rendu la lettre, Aramis ? dit d'Artagnan.

— Moi, dit Aramis de sa voix la plus flûtée, j'étais décidé ; s'il avait exigé que la lettre lui fût remise, je lui présentais la lettre d'une main, et de l'autre je lui passais mon épée au travers du corps.

— Je m'y attendais bien, dit Athos; voilà pourquoi je me suis jeté entre vous et lui. En vérité, cet homme est bien imprudent de parler ainsi à d'autres hommes; on dirait qu'il n'a jamais eu affaire qu'à des femmes et à des enfants.

— Mon cher Athos, dit d'Artagnan, je vous admire, mais cependant nous étions dans notre tort après tout.

— Comment, dans notre tort! dit Athos. A qui donc cet air que nous respirons? A qui cet Océan sur lequel s'étendent nos regards? A qui ce sable sur lequel nous étions couchés? A qui cette lettre de votre maîtresse? Est-ce au cardinal? Sur mon honneur, cet homme se figure que le monde lui appartient; vous étiez là, balbutiant, stupéfait, anéanti, on eût dit que la Bastille se dressait devant vous et que la gigantesque Méduse vous changeait en pierre. Est-ce que c'est conspirer, voyons, que d'être amoureux! Vous êtes amoureux d'une femme que le cardinal a fait enfermer, vous voulez la tirer des mains du cardinal; c'est une partie que vous jouez avec Son Éminence: cette lettre c'est votre jeu, pourquoi montreriez-vous votre jeu à votre adversaire ! cela ne se fait pas; qu'il le devine, à la bonne heure ! nous devinons bien le sien, nous !

— Au fait, dit d'Artagnan, c'est plein de sens, ce que vous dites là, Athos.

— En ce cas, qu'il ne soit plus question de ce qui vient de se passer; et qu'Aramis reprenne la lettre de sa cousine où M. le cardinal l'a interrompue.

Aramis tira la lettre de sa poche, les trois amis se rapprochèrent de lui, et les trois laquais se groupèrent de nouveau auprès de la dame-jeanne.

— Vous n'aviez lu qu'une ligne ou deux, dit d'Artagnan, reprenez donc la lettre à partir du commencement.

— Volontiers, dit Aramis.

« Mon cher cousin, je crois bien que je me déciderai à partir pour Stenay, où ma sœur a fait entrer notre petite servante dans le couvent des Carmélites; cette pauvre enfant s'est résignée, elle sait qu'elle ne peut vivre autre part sans que le salut de son âme soit en danger. Cependant, si les affaires de notre famille s'arrangent comme nous le désirons, je crois qu'elle courra le risque de se damner, et qu'elle reviendra près de ceux qu'elle regrette, d'autant plus qu'elle sait qu'on pense toujours à elle. En attendant, elle n'est pas trop malheureuse : tout ce qu'elle désire, c'est une lettre de son prétendu. Je sais bien que ces sortes de denrées passent difficilement par les grilles, mais après tout, comme je vous en ai donné des preuves, mon cher cousin, je ne suis pas trop maladroite et je me chargerai de cette commission. Ma sœur vous remercie de votre bon et éternel souvenir. Elle a eu un instant de grande inquiétude ; mais enfin elle est quelque peu rassurée maintenant, ayant envoyé son commis là-bas afin qu'il ne s'y passe rien d'imprévu.

» Adieu, mon cher cousin, donnez-nous de vos nouvelles le plus souvent que vous pourrez, c'est-à-dire, toutes les fois que vous croirez pouvoir le faire sûrement. Je vous embrasse.

» MARIE MICHON. »

— Oh, que ne vous dois-je pas, Aramis! s'écria d'Artagnan. Chère Constance! j'ai donc enfin de ses nouvelles; elle vit, elle est en sûreté dans un couvent, elle est à Stenay! Où prenez-vous Stenay, Athos?

— Mais à quelques lieues de la frontière d'Alsace, en Lorraine; une fois le siége levé, nous pourrons aller faire un tour de ce côté.

— Et ce ne sera pas long, il faut l'espérer, dit Porthos, car on a, ce matin, pendu un espion, lequel a déclaré que les Rochelais en étaient au cuir de leurs souliers. En supposant qu'après avoir mangé le cuir ils mangent la semelle, je ne vois plus trop ce qui leur restera, après à moins de se manger les uns les autres.

— Pauvres sots! dit Athos en vidant un verre d'excellent vin de Bordeaux, qui, sans avoir, à cette époque, la réputation qu'il a aujourd'hui, ne la méritait pas moins; pauvres sots! comme si la religion catholique n'était pas la plus avantageuse et la plus agréable des religions! C'est égal, reprit-il après avoir fait claquer la langue contre son palais, ce sont de braves gens. Mais que diable faites-vous donc, Aramis! continua Athos, vous serrez cette lettre dans votre poche?

— Oui, dit d'Artagnan, Athos a raison, il faut la brûler; encore, la brûler, qui sait si M. le cardinal n'a pas un secret pour interroger les cendres.

— Il doit en avoir un, dit Athos.

— Mais que voulez-vous faire de cette lettre? demanda Porthos.

— Venez ici, Grimaud! dit Athos.

Grimaud se leva et obéit.

— Pour vous punir d'avoir parlé sans permission, mon ami, vous allez manger ce morceau de papier; puis, pour vous récompenser du service que vous nous aurez rendu, vous boirez ensuite ce verre de vin; voici la lettre d'abord, mâchez avec énergie.

Grimaud sourit, et, les yeux fixés sur le

verre qu'Athos venait de remplir bord à bord, il broya le papier et l'avala.

— Bravo, maître Grimaud ! dit Athos, et maintenant prenez ceci ; bien, je vous dispense de dire merci.

Grimaud avala silencieusement le verre de vin de Bordeaux, mais ses yeux levés au ciel parlaient, pendant tout le temps que dura cette douce occupation, un langage qui, pour être muet, n'en était pas moins expressif.

— Et maintenant, dit Athos, à moins que M. le cardinal n'ait l'ingénieuse idée de faire ouvrir le ventre à Grimaud, je crois que nous pouvons être à peu près tranquilles.

Pendant ce temps Son Éminence continuait sa promenade mélancolique en marronnant entre ses moustaches :

— Décidément, il faut que ces quatre hommes soient à moi.

CHAPITRE IV.

PREMIÈRE JOURNÉE DE CAPTIVITÉ.

Revenons à milady, qu'un regard jeté sur les côtes de France nous a fait perdre de vue un instant.

Nous la retrouverons dans la position désespérée où nous l'avons laissée se creusant un abîme de sombres réflexions, sombre enfer à la porte duquel elle a presque laissé l'espérance; car pour la première fois elle doute, pour la première fois elle craint.

Dans deux occasions sa fortune lui a manqué, dans deux occasions elle s'est vue découverte et trahie, et dans ces deux occasions c'est contre le génie fatal envoyé sans doute par le Seigneur pour la combattre qu'elle a échoué; d'Artagnan l'a vaincue, elle, cette invincible puissance du mal.

Il l'a abusée dans son amour, humiliée dans son orgueil, trompée dans son ambition et maintenant voilà qu'il la perd dans sa fortune, qu'il l'atteint dans sa liberté, qu'il la menace même dans sa vie. Bien plus, il a levé un coin de son masque, cette égide dont elle se couvre et qui la rend si forte.

D'Artagnan a détourné de Buckingham qu'elle hait, comme elle hait tout ce qu'elle a aimé, la tempête dont le menaçait Richelieu dans la personne de la reine. D'Artagnan s'est fait passer pour de Wardes pour lequel elle avait une de ces ardentes fantaisies de tigresse, indomptables comme en ont les femmes de ce caractère. D'Artagnan connaît ce terrible secret qu'elle a juré que nul ne connaîtrait sans mourir. Enfin, au moment où elle vient d'obtenir de Richelieu un blanc-seing à l'aide duquel elle va se venger de son ennemi, le blanc-seing lui est arraché des mains, et c'est d'Artagnan qui la tient prisonnière et qui va l'envoyer dans quelque immonde Botany-Bay, dans quelque Tyburn infâme de l'Océan indien.

Car tout cela lui vient de d'Artagnan sans doute : de qui viendraient tant de hontes amassées sur sa tête sinon de lui ?

Lui seul a pu transmettre à lord de Winter tous ces affreux secrets qu'il a découverts les uns après les autres par suite de fatalité. Il connaît son beau-frère, il lui aura écrit.

Que de haine elle distille! Là, immobile et les yeux ardents et fixes, dans son appartement désert, comme les éclats de ses rugissements sourds qui parfois s'échappent avec sa respiration du fond de sa poitrine accompagnent bien le bruit de la houle qui monte, gronde, mugit et vient se briser, comme un désespoir éternel et impuissant, contre les rochers sur lesquels est bâti ce château sombre et orgueilleux ! Comme, à la lueur des éclairs que sa colère orageuse fait briller dans son esprit, elle conçoit contre madame Bonacieux, contre Buckingham et surtout contre d'Artagnan, de magnifiques projets de vengeance, perdus dans les lointains de l'avenir !

Oui, mais pour se venger il faut être libre, et pour être libre, quand on est prisonnier, il faut percer un mur, désceller des barreaux, trouer un plancher ; toutes entreprises que peut mener à bout un homme patient et fort, mais devant lesquelles doivent échouer les irritations fébriles d'une femme : d'ailleurs, pour faire tout cela, il faut avoir le temps, des mois, des années, et elle... elle a dix ou douze jours, à ce que lui a dit lord de Winter, son fraternel et terrible geôlier.

Et cependant, si elle était un homme, elle tenterait tout cela et peut-être réussirait-elle : pourquoi donc le ciel s'est-il ainsi trompé en mettant cette âme virile dans ce corps frêle et délicat!

Aussi les premiers moments de la captivité ont été terribles : quelques convulsions de rage qu'elle n'a pu surmonter ont payé sa dette de faiblesse féminine à la nature. Mais peu à peu elle a surmonté les éclats de sa folle colère, les frémissements nerveux qui ont agité son corps ont disparu, et maintenant elle est repliée sur elle-même comme un serpent fatigué qui se repose.

— Allons, allons, j'étais folle de m'emporter ainsi, dit-elle en plongeant dans la glace qui reflète dans ses yeux son regard brûlant par lequel elle semble s'interroger elle-même. Pas de violence : la violence est une preuve de faiblesse. D'abord je n'ai jamais réussi par ce moyen : peut-être si j'usais de ma force contre des femmes, aurais-je chance de les trouver plus faibles encore que moi et par conséquent de les vaincre ; mais c'est contre des hommes que je lutte et je ne suis qu'une femme pour eux. Luttons en femme, ma force est dans ma faiblesse.

Alors, comme pour se rendre compte à elle-même des changements qu'elle pouvait imposer à sa physionomie si expressive et si mobile, elle lui fit prendre à la fois toutes les expressions, depuis celle de la colère qui crispait ses traits, jusqu'à celle du plus doux, du plus affectueux et du plus séduisant sourire. Puis ses cheveux prirent successivement sous ses mains savantes toutes les ondulations qu'elle crut pouvoir aider aux charmes de son visage. Enfin elle murmura, satisfaite d'elle-même :

— Allons, rien n'est perdu. Je suis toujours belle.

Il était huit heures du soir à peu près. Milady aperçut un lit, elle pensa qu'un repos de quelques heures rafraîchirait non-seulement sa tête et ses idées, mais encore son teint. Cependant, avant de se coucher, une idée meilleure lui vint : elle avait entendu parler de souper. Déjà elle était depuis une heure dans cette chambre: on ne pouvait tarder à lui apporter son repas. La prisonnière ne voulut pas perdre de temps, et elle résolut de faire, dès cette même soirée, quelque tentative pour sonder le terrain, en étudiant les caractères des gens auxquels sa garde était confiée.

Une lumière apparut sous la porte: cette lumière annonçait le retour de ses geôliers. Milady, qui s'était levée, se rejeta vivement sur son fauteuil la tête renversée en arrière, ses beaux cheveux dénoués et épars, sa gorge demi-nue sous ses dentelles froissées, une main sur son cœur et l'autre pendante.

On ouvrit les verrous, la porte grinça sur ses gonds, des pas retentirent dans la chambre et s'approchèrent.

— Posez là cette table, dit une voix que la prisonnière reconnut pour celle de Felton.

L'ordre fut exécuté.

— Vous apporterez des flambeaux et ferez relever la sentinelle, continua Felton.

Et ce double ordre que donna aux mêmes individus le jeune lieutenant prouva à milady que ses serviteurs étaient les mêmes hommes que ses gardiens, c'est-à-dire des soldats.

Les ordres de Felton étaient, au reste, exécutés avec une silencieuse rapidité qui donnait une bonne idée de l'état florissant dans lequel il maintenait la discipline.

Enfin, Felton qui n'avait pas encore regardé milady, se retourna vers elle.

— Ah, ah ! dit-il, elle dort, c'est bien : à son réveil elle soupera.

Et il fit quelques pas pour sortir.

—Mais, mon lieutenant, dit un soldat moins stoïque que son chef et qui s'était approché de milady, cette femme ne dort pas.

— Comment, elle ne dort pas! dit Felton, que fait-elle donc alors?

— Elle est évanouie; son visage est très-pâle et j'ai beau écouter, je n'entends pas sa respiration.

— Vous avez raison, dit Felton après avoir regardé milady de la place où il se trouvait, sans faire un pas vers elle ; allez prévenir lord de Winter que sa prisonnière est évanouie; car je ne sais que faire, le cas n'ayant pas été prévu.

Le soldat sortit pour obéir aux ordres de son officier : Felton s'assit sur un fauteuil qui se trouvait par hasard près de la porte, et attendit sans dire une parole, sans faire un geste. Milady possédait ce grand art, tant étudié par les femmes, de voir à travers ses longs cils sans avoir l'air d'ouvrir les paupières; elle aperçut Felton qui lui tournait le dos, elle continua de le regarder pendant dix minutes à peu près, et pendant ces dix minutes l'impassible gardien ne se retourna pas une seule fois.

Elle songea alors que lord de Winter allait venir et rendre par sa présence une nouvelle force à son geôlier : sa première épreuve était perdue, elle en prit son parti en femme qui compte sur ses ressources ; en conséquence elle leva la tête, ouvrit les yeux et soupira faiblement.

A ce soupir Felton se retourna enfin.

— Ah ! vous voici réveillée, madame ! dit-il, je n'ai donc plus affaire ici! Si vous avez besoin de qnelque chose, vous sonnerez.

— Oh! mon Dieu, mon Dieu! que j'ai souffert! murmura milady avec cette voix harmonieuse qui, pareille à celle des enchanteresses antiques, charmait tous ceux qu'elle voulait perdre.

Et elle prit en se redressant sur son fauteuil une position plus gracieuse et plus abandonnée encore que celle qu'elle avait lorsqu'elle était couchée.

Felton se leva.

Vous serez servie ainsi trois fois par jour, madame, dit-il : le matin à neuf heures, dans la journée à une heure, et le soir à huit heures. Si cela ne vous convient pas, vous pouvez indiquer vos heures au lieu de celles que je vous propose, et sur ce point on se conformera à vos désirs.

— Mais vais-je donc rester toujours seule dans cette grande et triste chambre? demanda milady.

— Une femme des environs a été prévenue qui sera demain au château et qui viendra toutes les fois que vous désirerez sa présence.

— Je vous rends grâce, monsieur, répondit humblement la prisonnière.

— Felton fit un léger salut et se dirigea vers la porte. Au moment où il allait en franchir le seuil, lord de Winter parut dans le corridor, suivi du soldat qui était allé lui porter la nouvelle de l'évanouissement de milady. Il tenait à la main un flacon de sels.

— Eh bien! qu'est-ce et que se passe-t-il donc ici? dit-il d'une voix railleuse en voyant sa prisonnière debout et Felton prêt à sortir. Cette morte est-elle donc déjà ressuscitée? Pardieu, Felton, mon enfant, tu n'as donc pas vu qu'on te prenait pour un novice et qu'on te jouait le premier acte d'une comédie dont nous aurons sans doute le plaisir de suivre tous les développements?

— Je l'ai bien pensé, milord, dit Felton; mais enfin, comme la prisonnière est femme, après tout, j'ai voulu avoir pour elle les égards que tout homme bien né doit à une femme, sinon pour elle, du moins pour lui-même.

Milady frissonna par tout son corps.

Ces paroles de Felton passaient comme une glace par toutes ses veines.

— Ainsi, reprit de Winter en riant, ces beaux cheveux savamment étalés, cette peau blanche et ce langoureux regard ne t'ont pas encore séduit, cœur de pierre !

— Non, milord, répondit l'impassible jeune homme, et, croyez-moi bien, il faut plus que des manéges et des coquetteries de femme pour me corrompre.

— En ce cas, mon brave lieutenant, laissons milady chercher autre chose et allons souper : ah ! sois tranquille, elle a l'imagination féconde, et le second acte de la comédie ne tardera pas à suivre le premier.

— Et à ces mots lord de Winter passa son bras sous celui de Felton et l'emmena en riant.

— Oh ! je trouverai bien ce qu'il te faut, murmura milady entre ses dents ; sois tranquille, pauvre moine manqué, pauvre soldat converti qui t'es taillé ton uniforme dans un froc.

— A propos, reprit de Winter en s'arrêtant sur le seuil de la porte, il ne faut pas, milady, que cet échec vous ôte l'appétit. Tâtez de ce poulet et de ces poissons que je n'ai pas fait empoisonner, sur l'honneur. Je m'accommode assez de mon cuisinier et, comme il ne doit pas hériter de moi, j'ai en lui pleine et entière confiance. Faites comme moi. Adieu, chère sœur ! à votre prochain évanouissement.

C'était tout ce que pouvait supporter milady: ses mains se crispèrent sur son fauteuil, ses dents grincèrent sourdement, ses yeux suivirent le mouvement de la porte qui se fermait derrière lord de Winter et Felton, et lorsqu'elle se vit seule une nouvelle crise de désespoir la prit; elle jeta les yeux sur la table, vit briller un couteau, s'élança et le saisit; mais son désappointement fut cruel: la lame en était ronde et d'argent flexible.

Un éclat de rire retentit derrière la porte mal fermée, et la porte se rouvrit.

— Ah, ah! s'écria lord de Winter, ah, ah, ah! vois-tu bien, mon brave Felton, vois-tu ce que je t'avais dit: ce couteau, c'était pour toi, mon enfant, elle t'aurait tué; vois-tu, c'est un de ses travers, de se débarrasser ainsi, d'une façon ou de l'autre, des gens qui la gênent. Si je t'eusse écouté, le couteau eût été pointu et d'acier: alors, plus de Felton, elle t'aurait égorgé et, après toi, tout le monde. Vois donc, John, comme elle sait bien tenir son couteau.

En effet, milady tenait encore l'arme inoffensive dans sa main crispée, mais ces derniers mots, cette suprême insulte détendirent ses mains, ses forces et jusqu'à sa volonté.

Le couteau tomba par terre.

— Vous avez raison, milord, dit Felton avec un accent de profond dégoût qui retentit jusqu'au fond du cœur de milady, vous avez raison, et c'est moi qui avais tort.

Et tous deux sortirent de nouveau.

Mais cette fois, milady prêta une oreille plus attentive que la première fois, et elle entendit leurs pas s'éloigner et s'éteindre dans le fond du corridor.

— Je suis perdue, murmura-t-elle, me

voilà au pouvoir de gens sur lesquels je n'aurai pas plus de prise que sur des statues de bronze ou de granit; ils me savent par cœur et sont cuirassés contre toutes mes armes.

— Il est cependant impossible que cela finisse comme ils l'ont décidé.

En effet, comme l'indiquait cette dernière réflexion, ce retour instinctif à l'espérance, dans cette âme profonde la crainte et les sentiments faibles ne surnageaient pas long-temps. Milady se mit à table, mangea de plusieurs mets, but un peu de vin d'Espagne, et sentit revenir toute sa résolution.

Avant de se coucher elle avait déjà commenté, analysé, retourné sous toutes les faces, examiné sous tous leurs points, les paroles, les pas, les gestes, les signes et jusqu'au silence de ses interlocuteurs, et de cette étude profonde, habile et savante, il était résulté que Felton était, à tout prendre, le plus invulnérable de ses deux persécuteurs.

Un mot surtout revenait à l'esprit de la prisonnière :

— Si je t'eusse écouté, avait dit lord de Winter à Felton.

Donc Felton avait parlé en sa faveur, puisque lord de Winter n'avait pas voulu écouter Felton.

— Faible ou forte, répétait milady, cet homme a donc une lueur de pitié dans son âme; de cette lueur je ferai un incendie qui le dévorera.

— Quant à l'autre, il me connaît, il me craint et sait ce qu'il a à attendre de moi si jamais je m'échappe de ses mains, il est donc inutile de rien tenter sur lui.

— Mais Felton, c'est autre chose ; c'est un jeune homme naïf, pur et qui semble vertueux : celui-là, il y a moyen de le perdre.

Et milady se coucha et s'endormit le sourire sur les lèvres ; quelqu'un qui l'eût vue dormant eût dit une jeune fille rêvant à la couronne de fleurs qu'elle devait mettre sur son front à la prochaine fête.

CHAPITRE V.

DEUXIÈME JOURNÉE DE CAPTIVITÉ.

Milady rêvait qu'elle tenait enfin d'Artagnan, qu'elle assistait à son supplice, et c'était la vue de son sang odieux, coulant sous la hache du bourreau, qui dessinait le charmant sourire sur ses lèvres.

Elle dormait comme dort un prisonnier bercé par sa première espérance.

Le lendemain, lorsqu'on entra dans sa chambre, elle était encore au lit. Felton se tenait dans le corridor : il amenait la femme dont il avait parlé la veille, et qui venait d'arriver; cette femme entra et s'approcha du lit de milady en lui offrant ses services.

Milady était habituellement pâle, son

teint pouvait donc tromper une personne qui la voyait pour la première fois.

— J'ai la fièvre, dit-elle; je n'ai pas dormi un seul instant pendant toute cette longue nuit, je souffre horriblement: serez-vous plus humaine qu'on ne l'a été hier avec moi? Tout ce que je demande, au reste, c'est la permission de rester couchée.

— Voulez-vous qu'on appelle un médecin? dit la femme.

Felton écoutait ce dialogne sans dire une parole.

Milady réfléchissait que plus on l'entourerait de monde, plus elle aurait de gens à apitoyer et plus la surveillance de lord de Winter redoublerait; d'ailleurs le médecin pourrait déclarer que la maladie était feinte, et milady, après avoir perdu la première partie, ne voulait pas perdre la seconde.

—Aller chercher un médecin, dit-elle, à quoi bon! ces messieurs ont déclaré hier que mon mal était une comédie, il en serait sans doute de même aujourd'hui; car depuis hier soir on a eu le temps de prévenir le docteur.

— Alors, dit Felton impatienté, dites vous-même, madame, quel traitement vous voulez suivre.

—Eh! le sais-je, moi, mon Dieu! je sens que je souffre, voilà tout; que l'on me donne ce que l'on voudra, peu m'importe.

— Allez chercher lord de Winter, dit Felton fatigué de ces plaintes éternelles.

— Oh, non, non! s'écria milady, non, monsieur, ne l'appelez pas, je vous en conjure, je suis bien, je n'ai besoin de rien, ne l'appelez pas.

Elle mit une véhémence si prodigieuse, une éloquence si entraînante dans cette exclamation, que Felton, entraîné, fit quelques pas dans la chambre.

— Il est venu, pensa milady.

— Cependant, madame, dit Felton, si vous souffrez *réellement*, on enverra chercher un médecin, et si vous nous trompez, eh bien ! ce sera tant pis pour vous, mais du moins, de notre côté, nous n'aurons rien à nous reprocher.

Milady ne répondit point, mais renversant sa belle tête sur son oreiller elle fondit en larmes et éclata en sanglots.

Felton la regarda un instant avec son impassibilité ordinaire, puis, voyant que la crise menaçait de se prolonger, il sortit; la femme le suivit. Lord de Winter ne parut pas.

— Je crois que je commence à voir clair, murmura milady avec une joie sauvage en s'ensevelissant sous les draps pour cacher à tous ceux qui pourraient l'épier cet élan de satisfaction intérieure.

Deux heures s'écoulèrent.

— Maintenant il est temps que la maladie cesse, dit-elle : levons-nous et obtenons quelque succès dès aujourd'hui; je n'ai que dix jours, et ce soir il y en aura deux d'écoulés.

En entrant, le matin, dans la chambre de milady, on lui avait apporté son déjeuner; or elle avait pensé qu'on ne tarderait pas à venir enlever la table, et qu'en ce moment elle reverrait Felton.

Milady ne se trompait pas : Felton reparut et, sans faire attention si milady avait ou non touché au repas, fit un signe pour qu'on emportât hors de la chambre la table, que l'on apportait ordinairement toute servie.

Felton resta le dernier, il tenait un livre à la main.

Milady, couchée dans un fauteuil près de la cheminée, belle, pâle et résignée, semblait une vierge sainte attendant le martyre.

Felton s'approcha d'elle et dit :

— Lord de Winter, qui est catholique

comme vous, madame, a pensé que la privation des rites et des cérémonies de votre religion peut vous être pénible; il consent donc à ce que vous lisiez chaque jour l'ordinaire de *votre messe,* et voici un livre qui en contient le rituel

A l'air dont Felton déposa ce livre sur la petite table près de laquelle était milady, au ton dont il prononça ces deux mots, *votre messe*, au sourire dédaigneux dont il les accompagna, milady leva la tête et regarda plus attentivement l'officier.

Alors, à cette coiffure sévère, à ce costume d'une simplicité exagérée, à ce front poli comme du marbre mais dur et impénétrable comme lui, elle reconnut un de ces sombres puritains qu'elle avait rencontrés si souvent tant à la cour du roi Jacques qu'à celle du roi de France, où, malgré le souvenir de la Saint-Barthélemy, ils venaient parfois chercher un refuge.

Elle eut donc une de ces inspirations subites comme les gens de génie seuls en reçoivent dans les grandes crises, dans les moments suprêmes qui doivent décider de leur fortune ou de leur vie.

— Ces deux mots, *votre messe,* et un simple coup d'œil jeté sur Felton lui avaient en effet révélé toute l'importance de la réponse qu'elle allait faire.

Mais, avec cette rapidité d'intelligence qui lui était particulière, cette réponse toute formulée se présenta sur ses lèvres :

— Moi! dit-elle avec un accent de dédain monté à l'unisson de celui qu'elle avait remarqué dans la voix du jeune officier, moi, monsieur, *ma messe!* lord de Winter, le catholique corrompu, sait bien que je ne suis pas de sa religion, et c'est un piége qu'il veut me tendre!

— Et de quelle religion êtes-vous donc, madame? demanda Felton avec un étonnement que, malgré son empire sur lui même, il ne put cacher entièrement.

— Je le dirai, s'écria milady avec une exaltation feinte, le jour où j'aurai assez souffert pour ma foi.

Le regard de Felton découvrit à milady toute l'étendue de l'espace qu'elle venait de s'ouvrir par cette seule parole.

Cependant le jeune officier demeura muet et immobile, son regard seul avait parlé.

— Je suis aux mains de mes ennemis, continua-t-elle avec ce ton d'enthousiasme qu'elle savait familier aux puritains ; eh bien ! que mon Dieu me sauve ou que je périsse pour mon Dieu ! voilà la réponse que je vous prie de faire à lord de Winter. — Et quant à ce livre, ajouta-t-elle en montrant le rituel du bout du doigt, mais sans le toucher, comme si elle eût été souillée par cet attouchement, vous pouvez le remporter et vous en servir pour vous-même, car sans doute vous êtes doublement complice de lord de Winter, complice dans sa persécution, complice dans son hérésie.

Felton ne répondit rien, prit le livre avec le même sentiment de répugnance qu'il avait déjà manifesté et se retira pensif.

Lord de Winter vint vers les cinq heures du soir; milady avait eu le temps pendant toute la journée de se tracer son plan de conduite, elle le reçut en femme qui a déjà repris tous ses avantages.

— Il paraît, dit le baron en s'asseyant dans un fauteuil en face de celui qu'occupait milady et en étendant nonchalamment ses pieds sur le foyer, il paraît que nous avons fait une petite apostasie!

— Que voulez-vous dire, monsieur?

— Je veux dire que depuis la dernière fois que nous nous sommes vus nous avons changé de religion; auriez-vous épousé un troisième mari protestant, par hasard?

— Expliquez-vous, milord, reprit la

prisonnière avec majesté, car je vous déclare que j'entends vos paroles, mais que je ne les comprends pas.

— Alors, c'est que vous n'avez pas de religion du tout; j'aime mieux cela, reprit en ricanant lord de Winter.

— Il est certain que cela est plus selon vos principes, reprit froidement milady.

— Oh! je vous avoue que cela m'est parfaitement égal.

— Oh! vous n'avoueriez pas cette indifférence religieuse, milord, que vos débauches et vos crimes en font foi.

— Hein ! vous parlez de débauches, madame Messaline lady Macbet ! ou j'ai mal entendu, ou vous êtes, pardieu, bien impudente !

— Vous parlez ainsi parce que vous savez qu'on nous écoute, monsieur, répondit froidement milady, et que vous voulez intéresser vos geôliers et vos bourreaux contre moi.

— Mes geôliers ! mes bourreaux ! Ouais, madame, vous le prenez sur un ton poétique, et la comédie d'hier tourne ce soir à la tragédie. Au reste, dans huit jours vous serez où vous devez être et ma tâche sera achevée.

— Tâche infâme, tâche impie! reprit milady avec l'exaltation de la victime qui provoque son juge.

— Je crois, ma parole d'honneur, dit de Winter en se levant, que la drôlesse devient folle. Allons, allons, calmez-vous, madame la puritaine, ou je vous fais mettre au cachot. Pardieu! c'est mon vin d'Espagne qui vous monte à la tête, n'est-ce pas! mais, soyez tranquille, cette ivresse-là n'est pas dangereuse et n'aura pas de suites.

— Et lord de Winter se retira en jurant, ce qui à cette époque était une habitude toute cavalière.

Felton était en effet derrière la porte et n'avait pas perdu un mot de toute cette scène.

Milady avait deviné juste.

— Oui, va! va! dit-elle à son frère, les suites approchent, au contraire, mais tu ne les verras, imbécile, que lorsqu'il ne sera plus temps de les éviter.

Le silence se rétablit, deux heures s'écoulèrent ; on apporta le souper et l'on trouva milady occupée à faire tout haut ses prières, prières qu'elle avait apprises d'un vieux serviteur de son second mari, puritain des plus austères. Elle semblait en extase et ne parut pas même faire attention à ce qui se passait autour d'elle. Felton fit signe qu'on ne la dérangeât point, et lorsque tout fut en état il sortit sans bruit avec les soldats.

Milady savait qu'elle pouvait être épiée, elle continua donc ses prières jusqu'à la fin, et il lui sembla que le soldat qui était de sentinelle à sa porte ne marchait plus du même pas et semblait écouter.

Pour le moment elle n'en voulait pas davantage, elle se releva, se mit à table, mangea peu et ne but que de l'eau.

Une heure après on vint enlever la table, mais milady remarqua que cette fois Felton n'accompagnait point les soldats.

Il craignait donc de la voir trop souvent.

Elle se retourna vers le mur pour sourire, car il y avait dans ce sourire une telle expression de triomphe que ce seul sourire l'eût dénoncée.

Elle laissa encore s'écouler une demi-heure, et comme en ce moment tout faisait silence dans le vieux château, comme on n'entendait que l'éternel murmure de la houle, cette respiration immense de l'Océan, de sa voix pure, harmonieuse et vibrante elle commença le premier couplet de ce psaume alors en entière faveur près des puritains :

> Seigneur, tu nous abandonnes,
> Pour voir si nous sommes forts;
> Mais ensuite c'est toi qui donnes
> De ta céleste main la palme à nos efforts.

Ces vers n'étaient pas excellents, il s'en fallait même beaucoup ; mais, comme on le sait, les puritains ne se piquaient pas de poésie.

Tout en chantant, milady écoutait : le soldat de garde à sa porte s'était arrêté comme s'il eût été changé en pierre. Milady put donc juger de l'effet qu'elle avait produit.

Alors elle continua son chant avec une ferveur et un sentiment inexprimables, il lui sembla que les sons se répandaient au loin sous les voûtes et allaient comme un charme magique adoucir les cœurs de ses geôliers. Cependant il paraît que le soldat en sentinelle, zélé catholique sans doute, secoua le charme, car à travers la porte :

— Taisez-vous donc, madame, dit-il, votre chanson est triste comme un *De profundis;* et, si, outre l'agrément d'être en garnison ici, il faut encore y entendre de pareilles choses, ce sera à n'y point tenir.

— Silence! dit alors une voix grave, que milady reconnut pour celle de Felton; de quoi vous mêlez-vous, drôle! Vous a-t-on ordonné d'empêcher cette femme de chanter? Non. On vous a dit de la garder, de tirer sur elle si elle essayait de fuir.

Gardez-la, si elle fuit tuez-la, mais ne changez rien à la consigne.

Une expression de joie indicible éclaira le visage de milady, mais cette expression fut fugitive comme le reflet d'un éclair, et, sans paraître avoir entendu le dialogue dont elle n'avait pas perdu un mot, elle reprit en donnant à sa voix tout le charme, toute l'étendue et toute la séduction que le démon y avait mise :

Pour tant de pleurs, tant de misère,
Pour mon exil et pour mes fers,
J'ai ma jeunesse, ma prière,
Et Dieu, qui comptera les maux que j'ai soufferts.

Cette voix, d'une étendue inouïe et d'une passion sublime, donnait à la poésie rude et inculte de ces psaumes une magie et une expression que les puritains les plus exaltés trouvaient rarement dans les chants de leurs frères, et qu'ils étaient forcés d'orner de toutes les ressources de leur imagination : Felton crut entendre chanter l'ange qui consolait les trois Hébreux dans la fournaise.

Milady continua :

Mais le jour de la délivrance
Viendra pour nous, Dieu juste et fort ;
Et s'il trompe notre espérance,
Il nous reste toujours le martyre et la mort.

Ce couplet, dans lequel la terrible enchanteresse s'efforça de mettre toute son âme, acheva de porter le désordre dans le cœur du jeune officier; il ouvrit brusquement la porte; et milady le vit apparaître pâle comme toujours, mais les yeux ardents et presque égarés.

— Pourquoi chantez-vous ainsi, dit-il, et avec une pareille voix ?

— Pardon, monsieur, dit milady avec douceur, j'oubliais que mes chants ne sont pas de mise dans cette maison. Je vous ai peut-être offensé dans vos croyances; mais c'était sans le vouloir, je vous jure: pardonnez-moi donc une faute qui est peut-être grande, mais qui certainement est involontaire.

Milady était si belle dans ce moment, l'extase religieuse dans laquelle elle semblait plongée donnait une telle expression à sa physionomie que Felton ébloui crut voir l'ange que tout à l'heure il croyait seulement entendre.

— Oui, oui, répondit-il, oui, vous troublez, vous agitez les gens qui habitent ce château.

Et le pauvre insensé ne s'apercevait pas

lui-même de l'incohérence de ses discours, tandis que milady plongeait son œil de lynx au plus profond de son cœur.

— Je me tairai, dit milady en baissant les yeux avec toute la douceur qu'elle put donner à sa voix, avec toute la résignation qu'elle put imprimer à son maintien.

— Non, non, madame, dit Felton, seulement chantez moins haut, la nuit surtout.

Et à ces mots Felton, sentant qu'il ne pourrait pas conserver long-temps sa sévérité à l'égard de la prisonnière, s'élança hors de son appartement.

— Vous avez bien fait, lieutenant, dit le soldat, ces chants bouleversent l'âme; cependant on finit par s'y accoutumer : sa voix est si belle!

CHAPITRE VI.

TROISIÈME JOURNÉE DE CAPTIVITÉ.

Felton était venu, mais il y avait encore un pas à faire : il fallait le retenir, ou plutôt il fallait qu'il restât tout seul; et milady ne voyait encore qu'obscurément le moyen qui devait la conduire à ce résultat.

Il fallait plus encore : il fallait le faire parler, afin de lui parler aussi ; car, milady le savait bien, sa plus grande séduction était dans sa voix, qui parcourait si habilement toute la gamme des tons, depuis la parole humaine jusqu'au langage céleste.

Et cependant, malgré toute cette séduction, milady pouvait échouer, car Felton était prévenu ; et cela contre le moindre hasard. Dès lors elle surveilla toutes ses actions, toutes ses paroles, jusqu'au plus simple regard de ses yeux, jusqu'à son geste, jusqu'à sa respiration, qu'on pouvait interpréter comme un soupir. Enfin elle étudia tout, comme fait un habile comédien à qui l'on vient de donner un rôle nouveau dans un emploi qu'il n'a pas l'habitude de tenir.

Vis-à-vis de lord de Winter sa conduite était plus facile; aussi avait-elle été arrêtée dès la veille. Rester muette et digne en sa présence, de temps en temps l'irriter par un dédain affecté, par un mot méprisant, le pousser à des menaces et à des violences qui faisaient un contraste avec sa résignation à elle, tel était son projet. Felton verrait, peut-être ne dirait-il rien, mais il verrait.

Le matin Felton vint comme d'habitude, mais milady le laissa présider à tous les apprêts du déjeuner sans lui adresser la parole. Aussi, au moment où il allait se retirer, eut-elle une lueur d'espoir, car elle crut que c'était lui qui allait parler; mais ses lèvres remuèrent sans qu'aucun son sortît de sa bouche, et, faisant un effort sur lui-même, il renferma dans son cœur les paroles qui allaient s'échapper de ses lèvres, et sortit.

Vers midi lord de Winter entra.

Il faisait une assez belle journée d'hiver, et un rayon de ce pâle soleil d'Angleterre qui éclaire, mais qui n'échauffe pas, passait à travers les barreaux de la prison.

Milady regardait par la fenêtre et fit semblant de ne pas entendre la porte qui s'ouvrait.

— Ah! ah! dit lord de Winter, après avoir fait de la comédie, après avoir fait de la tragédie, voilà que nous faisons de la mélancolie.

La prisonnière ne répondit pas.

— Oui, oui, continua lord de Winter, je comprends, vous voudriez bien être en liberté sur ce rivage, vous voudriez bien, sur un bon navire, fendre les flots de cette mer verte comme de l'émeraude; vous voudriez bien, soit sur terre, soit sur l'Océan, me dresser une de ces bonnes petites embuscades comme vous savez si bien les combiner. Patience! patience! Dans quatre jours le rivage vous sera permis, la mer vous sera ouverte, plus ouverte que vous ne le voudrez, car dans quatre jours l'Angleterre sera débarrassée de vous.

Milady joignit les mains, et levant ses beaux yeux vers le ciel :

— Seigneur, Seigneur, dit-elle avec une angélique suavité de geste et d'intonation, pardonnez à cet homme, comme je lui pardonne moi-même.

— Oui, prie, maudite, s'écria le baron, ta prière est d'autant plus généreuse que tu es, je te le jure, au pouvoir d'un homme qui ne pardonnera pas.

Et il sortit.

Au moment où il sortait, un regard

perçant glissa par la porte entrebâillée, et elle aperçut Felton qui se rangeait rapidement pour n'être pas vu d'elle.

Alors elle se jeta à genoux et se mit à prier:

— Mon Dieu! mon Dieu! dit-elle, vous savez pour quelle sainte cause je souffre; donnez-moi donc la force de souffrir.

La porte s'ouvrit doucement, la belle suppliante fit semblant de n'en avoir pas entendu le bruit, et d'une voix pleine de larmes elle continua :

— Dieu vengeur! Dieu de bonté! laisserez-vous s'accomplir les affreux projets de cet homme!

Alors seulement elle feignit d'entendre le bruit des pas de Felton, et, se relevant rapide comme la pensée, elle rougit comme si elle eût été honteuse d'avoir été surprise à genoux.

— Je n'aime point à déranger ceux qui prient, madame, dit gravement Felton; ne vous dérangez donc pas pour moi, je vous en conjure.

— Comment savez-vous que je priais, monsieur, dit milady d'une voix suffoquée par les sanglots ; vous vous trompiez, monsieur, je ne priais pas.

— Pensez-vous donc, madame, répondit Felton de sa même voix grave, quoique avec un accent plus doux, que je me croie le droit d'empêcher une créature de se prosterner devant son Créateur? A Dieu ne plaise! D'ailleurs le repentir sied bien aux coupables ; quelque crime qu'il ait commis, un coupable m'est sacré aux pieds de Dieu.

— Coupable, moi! dit milady avec un

sourire qui eût désarmé l'ange du jugement dernier. Coupable! ô mon Dieu, tu sais si je le suis! Dites que je suis condamnée, monsieur, à la bonne heure; mais vous le savez, Dieu, qui aime les martyrs, permet que l'on condamne quelquefois les innocents.

— Fussiez-vous condamnée, fussiez-vous innocente, fussiez-vous martyre, répondit Felton, raison de plus pour prier, et moi-même je vous aiderai de mes prières.

— Oh! vous êtes un juste, vous, s'écria

milady en se précipitant à ses pieds : tenez, je n'y puis tenir plus long-temps, car je crains de manquer de force au moment où il me faudra soutenir la lutte et confesser ma foi ; écoutez donc la supplication d'une femme au désespoir. On vous abuse, monsieur, mais il n'est pas question de cela, je ne vous demande qu'une grâce et, si vous me l'accordez, je vous bénirai dans ce monde et dans l'autre.

— Parlez au maître, madame, dit Felton ; je ne suis heureusement chargé, moi, ni de pardonner, ni de punir, et c'est à plus haut que moi que Dieu a remis cette responsabilité.

— A vous, non, à vous seul. Écoutez-moi, plutôt que de contribuer à ma perte, plutôt que de contribuer à mon ignominie.

— Si vous avez mérité cette honte, madame, si vous avez encouru cette ignominie, il faut la subir en l'offrant à Dieu.

— Que dites-vous ! Oh ! vous ne me comprenez pas ! Quand je parle d'ignominie, vous croyez que je parle d'un châtiment quelconque, de la prison ou de la mort. Plût au ciel ! que m'importent, à moi, la mort ou la prison !

— C'est moi qui ne vous comprends plus, madame ! dit Felton.

— Ou qui faites semblant de ne plus me comprendre, monsieur ! répondit la prisonnière avec un sourire de doute.

— Non, madame, sur l'honneur d'un soldat, sur la foi d'un chrétien !

— Comment ! vous ignorez les desseins de lord de Winter sur moi ?

— Je les ignore.

— Impossible, vous son confident !

— Je ne mens jamais, madame.

— Oh! mais il se cache trop peu cependant pour qu'on ne les devine pas.

— Je ne cherche à rien deviner, madame, j'attends qu'on me confie, et, à part ce qu'il m'a dit devant vous, lord de Winter ne m'a rien confié.

— Mais, s'écria milady avec un incroyable accent de vérité, vous n'êtes donc pas son complice, vous ne savez donc pas qu'il me destine à une honte que tous les châtiments de la terre ne sauraient égaler en horreur !

— Vous vous trompez, madame, dit Felton en rougissant, lord de Winter n'est point capable d'un tel crime.

— Bon, dit milady en elle-même ; sans savoir ce que c'est, il appelle cela un crime !

Puis tout haut :

— L'ami de l'infâme est capable de tout,

— Qui appelez-vous l'infâme? demanda Felton.

— Y a-t-il donc en Angleterre deux hommes à qui un semblable nom puisse convenir?

— Vous voulez parler de George Villiers! dit Felton, dont les regards s'enflammèrent.

— Que les païens, les gentils et les infidèles appellent duc de Buckingham, reprit milady; je n'aurais pas cru qu'il y aurait eu un Anglais dans toute l'Angleterre qui eût eu besoin d'une si longue explication pour reconnaître celui dont je voulais parler !

— La main du Seigneur est étendue sur lui, dit Felton, il n'échappera pas au châtiment qu'il mérite.

Felton ne faisait qu'exprimer à l'égard du duc le sentiment d'exécration que tous les Anglais avaient voué à celui que les catholiques eux-mêmes appelaient l'exacteur, le concussionnaire, le débauché, et que les puritains appelaient tout simplement Satan.

— Oh! mon Dieu! mon Dieu! s'écria milady, quand je vous supplie d'envoyer à cet homme le châtiment qui lui est dû, vous savez que ce n'est pas ma propre vengeance que je poursuis, mais la délivrance de tout un peuple que j'implore.

— Le connaissez-vous donc? demanda Felton.

— Enfin il m'interroge, se dit en elle-même milady au comble de la joie d'en être arrivée si vite à un si grand résultat.

— Oh, si je le connais! oh, oui! pour

mon malheur, pour mon malheur éternel!

Et milady se tordit les bras comme arrivée au paroxysme de la douleur.

Felton sentit sans doute en lui-même que sa force l'abandonnait, et fit quelques pas vers la porte; la prisonnière, qui ne le perdait pas de vue, bondit à sa poursuite, et l'arrêta.

— Monsieur, s'écria-t-elle, soyez bon, soyez clément, écoutez ma prière : ce couteau que la fatale prudence du baron m'a enlevé, parce qu'il sait l'usage que j'en veux faire; oh, écoutez-moi jusqu'au bout! ce couteau, rendez-le-moi une minute seulement, par grâce, par pitié! j'embrasse vos genoux; voyez, vous fermerez la porte, que ce n'est pas à vous que j'en veux: Dieu! vous en vouloir, à vous, le seul être juste et bon et compatissant que j'aie rencontré! à vous mon sauveur peut-être! une minute, ce couteau, une minute, une seule, et je vous le rends par le guichet de la porte; rien qu'une minute, monsieur Felton, et vous m'aurez sauvé l'honneur!

— Vous tuer! s'écria Felton avec terreur,

oubliant de retirer ses mains des mains de la prisonnière ; vous tuer !

— J'ai dit, monsieur, murmura milady en baissant la voix et en se laissant tomber affaissée sur le parquet, j'ai dit mon secret ! Il sait tout ! mon Dieu, je suis perdue !

Felton demeurait debout, immobile et indécis.

— Il doute encore, pensa milady, je n'ai pas été assez vraie.

On entendit marcher dans le corridor,

milady reconnut le pas de lord de Winter.

Felton le reconnut aussi et fit un pas vers la porte.

Milady s'élança.

— Oh ! pas un mot, dit-elle d'une voix concentrée, pas un mot de tout ce que je vous ai dit à cet homme, ou je suis perdue, et c'est vous, vous....

Puis, comme les pas se rapprochaient, elle se tut de peur qu'on n'entendît sa voix, appuyant, avec un geste de terreur infinie, sa belle main sur la bouche de Felton.

Felton repoussa doucement milady, qui alla tomber sur une chaise longue.

Lord de Winter passa devant la porte sans s'arrêter, et l'on entendit le bruit des pas qui s'éloignaient.

Felton, pâle comme la mort, resta quelques instants l'oreille tendue et écoutant, puis, quand le bruit se fut éteint tout à fait, il respira comme un homme qui sort d'un songe, et s'élança hors de l'appartement.

— Ah, dit milady en écoutant à son

tour le bruit des pas de Felton, qui s'éloignaient dans la direction opposée à ceux de lord de Winter, enfin tu es donc à moi !

Puis son front se rembrunit.

— S'il parle au baron, dit-elle, je suis perdue, car le baron, qui sait bien que je ne me tuerai pas, me mettra devant lui un couteau entre les mains, et il verra bien que tout ce grand désespoir n'était qu'un jeu.

Elle alla se placer devant sa glace et se regarda, jamais elle n'avait été si belle.

— Oh, oui ! dit-elle en souriant, mais il ne lui parlera pas.

Le soir, lord de Winter accompagna le souper.

— Monsieur, lui dit milady, votre présence est-elle un accessoire obligé de ma captivité, et ne pourriez-vous m'épargner ce surcroît de tortures que me causent vos visites ?

— Comment donc, chère sœur ! dit de Winter, ne m'avez-vous pas sentimentalement annoncé, de cette jolie bouche si cruelle pour moi aujourd'hui, que vous veniez en Angleterre à cette seule fin de me voir tout à votre aise; jouissance dont, me disiez-vous, vous ressentiez si vivement la privation, que vous avez tout risqué pour cela : mal de mer, tempête, captivité! Eh bien ! me voilà, soyez satisfaite; d'ailleurs, cette fois, ma visite a un motif.

Milady frissonna, elle crut que Felton avait parlé; jamais de sa vie, peut-être, cette femme, qui avait éprouvé tant d'émotions puissantes et opposées, n'avait senti battre son cœur si violemment.

Elle était assise; lord de Winter prit un fauteuil, le tira à ses côtés, et s'assit auprès d'elle; puis, prenant dans sa poche un papier qu'il déploya lentement:

— Tenez, lui dit-il, je voulais vous montrer cette espèce de passe-port que j'ai rédigé moi-même, et qui vous servira désormais de numéro d'ordre dans la vie que je consens à vous laisser.

Puis, ramenant ses yeux de milady sur le papier, il lut :

« Ordre de conduire à . . . . » Le nom est en blanc, interrompit de Winter : si vous avez quelque préférence, vous me l'indiquerez ; et pour peu que ce soit à un millier de lieues de Londres, il sera fait droit à votre requête. Je reprends donc : « Ordre de conduire à . . . . . la nommée Charlotte Backson, flétrie par la justice du royaume de France, mais libérée après châtiment ; elle demeurera dans cette résidence, sans jamais s'en écarter de plus de trois lieues. En cas de tentative d'évasion, la peine de mort lui sera appliquée. Elle touchera cinq schellings par jour pour son logement et sa nourriture.

— Cet ordre ne me concerne pas, répondit froidement milady, puisqu'un autre nom que le mien y est porté.

— Un nom! Est-ce que vous en avez un?

— J'ai celui de votre frère.

— Vous vous trompez : mon frère n'est que votre second mari et le premier vit encore. Dites-moi son nom et je le mettrai en place du nom de Charlotte Backson. Non? vous ne voulez pas?... vous gardez le silence? C'est bien; vous serez écrouée sous le nom de Charlotte Backson.

Milady demeura silencieuse; seulement, cette fois ce n'était plus par affectation mais par terreur : elle crut l'ordre prêt à être exécuté; elle pensa que lord de Winter avait avancé son départ; elle crut qu'elle était condamnée à partir le soir même. Tout dans son esprit fut donc perdu pendant un instant, quand tout à coup elle s'aperçut que l'ordre n'était revêtu d'aucune signature.

La joie qu'elle ressentit de cette découverte fut si grande qu'elle ne put la cacher.

— Oui, oui, dit lord de Winter, qui s'aperçut de ce qui se passait en elle, oui, vous cherchez la signature et vous vous dites : Tout n'est pas perdu, puisque cet acte n'est pas signé ; on me le montre pour m'effrayer, voilà tout. Vous vous trompez : demain cet ordre sera envoyé à lord Buckingham ; après-demain il reviendra signé de sa main et revêtu de son sceau, et vingt-quatre heures après, c'est moi qui vous en réponds, il recevra son commencement d'exécution. Adieu, madame, voilà tout ce que j'avais à vous dire.

— Et moi je vous répondrai, monsieur, que cet abus de pouvoir, que cet exil sous un nom supposé sont une infamie.

— Aimez-vous mieux être pendue sous

votre vrai nom, milady! Vous le savez, les lois anglaises sont inexorables sur l'abus que l'on fait du mariage; expliquez-vous franchement : quoique mon nom ou plutôt que le nom de mon frère se trouve mêlé dans tout cela, je risquerai le scandale d'un procès public pour être sûr que du coup je serai débarrassé de vous.

Milady ne répondit pas, mais devint pâle comme un cadavre.

— Oh! je vois que vous aimez mieux la pérégrination. A merveille, madame, et il y a un vieux proverbe qui dit que les voyages forment la jeunesse. Ma foi! vous n'avez pas tort après tout, et la vie est bonne. C'est pour cela que je ne me soucie pas que vous me l'ôtiez. Reste donc à régler l'affaire des cinq schellings; je me montre un peu parcimonieux, n'est-ce pas? cela tient à ce que je ne me soucie pas que vous corrompiez vos gardiens. D'ailleurs il vous restera toujours vos charmes pour les séduire. Usez-en si votre échec avec Felton ne vous a pas dégoûtée des tentatives de ce genre.

— Felton n'a point parlé, se dit milady à elle-même, rien n'est perdu alors.

— Et maintenant, madame, à vous revoir. Demain je viendrai vous annoncer le départ de mon messager.

Lord de Winter se leva, salua ironiquement milady et sortit.

Milady respira : elle avait quatre jours encore devant elle ; quatre jours lui suffiraient pour achever de séduire Felton.

Cependant une idée terrible lui venait, c'est que lord de Winter enverrait peut-être Felton lui-même pour faire signer l'ordre à Buckingham ; de cette façon Felton lui échappait, car pour que la prisonnière réussît il fallait la magie d'une séduction continue.

Cependant, comme nous l'avons dit, une chose la rassurait : Felton n'avait pas parlé.

Elle ne voulut point paraître émue par les menaces de lord de Winter, elle se mit à table et mangea.

Puis, comme elle avait fait la veille, elle se mit à genoux et répéta tout haut ses prières. Comme la veille, le soldat cessa de marcher et s'arrêta pour l'écouter.

Bientôt elle entendit des pas plus légers que ceux de la sentinelle qui venaient du fond du corridor et qui s'arrêtaient devant sa porte.

— C'est lui, dit-elle.

Et elle commença le même chant religieux qui la veille avait si violemment exalté Felton.

Mais, quoique sa voix douce, pleine et sonore eût vibré plus harmonieuse et plus déchirante que jamais, la porte resta close. Il parut bien à milady dans un des regards furtifs qu'elle lançait sur le petit guichet, apercevoir à travers le grillage serré les yeux ardents du jeune homme; mais que ce fût une réalité ou une vision, cette fois il eut sur lui-même la puissance de ne pas entrer.

Seulement, quelques instants après qu'elle eut fini son chant religieux, milady crut entendre un profond soupir; puis les mêmes pas qu'elle avait entendus s'approcher s'éloignèrent lentement et comme à regret.

CHAPITRE VII.

QUATRIÈME JOURNÉE DE LA CAPTIVITÉ.

Le lendemain, lorsque Felton entra chez milady, il la trouva debout, montée sur un fauteuil, tenant entre ses mains une corde tissue à l'aide de quelques mouchoirs de batiste déchirés en lanières tressées les unes avec les autres et attachées bout à bout; au bruit que fit Felton en ouvrant la porte, milady sauta légèrement à terre de son fauteuil, et essaya de cacher derrière elle cette corde improvisée, qu'elle tenait à la main.

Le jeune homme était plus pâle encore que d'habitude, et ses yeux rougis par l'insomnie indiquaient qu'il avait passé une nuit fiévreuse.

Cependant son front était armé d'une sévérité plus austère que jamais.

Il s'avança lentement vers milady, qui s'était assise, et prenant un bout de la tresse meurtrière que par mégarde ou à dessein peut-être elle avait laissé passer :

—Qu'est-ce que cela, madame? demanda-t-il froidement.

— Cela, rien, dit milady en souriant avec cette expression douloureuse qu'elle savait si bien donner à son sourire, l'ennui est l'ennemi mortel des prisonniers, je m'ennuyais et je me suis amusée à tresser cette corde.

Felton porta les yeux vers le point du mur de l'appartement devant lequel il avait trouvé milady debout sur le fauteuil où elle était assise maintenant, et au-dessus de sa tête il aperçut un crampon doré, scellé dans le mur, et qui servait à accrocher soit des hardes, soit des armes.

Il tressaillit, et la prisonnière vit ce tressaillement; car quoiqu'elle eût les yeux baissés rien ne lui échappait.

— Et que faisiez-vous, debout sur ce fauteuil ? demanda-t-il.

— Que vous importe ? répondit milady.

— Mais, reprit Felton, je désire le savoir.

— Ne m'interrogez pas, dit la prisonnière, vous savez bien qu'à nous autres, véritables chrétiens, il nous est défendu de mentir.

— Eh bien ! dit Felton, je vais vous le dire, ce que vous faisiez, ou plutôt ce que vous alliez faire : vous alliez achever l'œuvre fatale que vous nourrissez dans votre esprit : songez-y, madame ; si notre Dieu défend le mensonge, il défend bien plus sévèrement encore le suicide.

— Quand Dieu voit une de ses créatures persécutée injustement, placée entre le suicide et le déshonneur, croyez-moi, monsieur, répondit milady d'un ton de profonde conviction, Dieu lui pardonne le suicide ; car, alors, le suicide, c'est le martyre.

— Vous en dites trop ou trop peu ; parlez, madame, au nom du ciel, expliquez-vous.

— Que je vous raconte mes malheurs,

pour que vous les traitiez de fables; que je vous dise mes projets, pour que vous alliez les dénoncer à mon persécuteur : non, monsieur; d'ailleurs, que vous importe la vie ou la mort d'une malheureuse condamnée? vous ne répondez que de mon corps, n'est-ce pas ? et pourvu que vous représentiez un cadavre, qu'il soit reconnu pour le mien, on ne vous en demandera pas davantage, et peut-être, même, aurez-vous double récompense.

— Moi, madame, moi ! s'écria Felton, supposer que j'accepterais jamais le prix de votre vie; oh ! vous ne pensez pas ce que vous dites.

— Laissez-moi faire, Felton, laissez-moi faire, dit milady en s'exaltant; tout soldat doit être ambitieux, n'est-ce pas? vous êtes lieutenant, eh bien! vous suivrez mon convoi avec le grade de capitaine.

— Mais que vous ai-je donc fait, dit Felton ébranlé, pour que vous me chargiez d'une pareille responsabilité devant les hommes et devant Dieu? Dans quelques jours vous allez être hors d'ici, madame, votre vie ne sera plus sous ma garde, et, ajouta-t-il avec un soupir, alors, alors, vous en ferez ce que vous voudrez.

— Ainsi, s'écria milady comme si elle ne pouvait résister à une sainte indignation, vous un homme pieux, vous que l'on appelle un juste, vous ne demandez qu'une chose : c'est de n'être point inculpé, inquiété pour ma mort !

— Je dois veiller sur votre vie, madame, et j'y veillerai.

— Mais comprenez-vous la mission que vous remplissez ? cruelle déjà si j'étais coupable ; quel nom lui donnerez-vous, quel nom le Seigneur lui donnera-t-il si je suis innocente ?

— Je suis soldat, madame, et j'accomplis les ordres que j'ai reçus.

— Croyez-vous qu'au jour du jugement dernier Dieu séparera les bourreaux aveugles des juges iniques? vous ne voulez pas que je tue mon corps et vous vous faites l'agent de celui qui veut tuer mon âme!

— Mais, je vous le répète, reprit Felton ébranlé, aucun danger ne vous menace, et je réponds de lord de Winter comme de moi-même.

— Insensé, s'écria milady, pauvre insensé, qui ose répondre d'un autre homme quand les plus sages, quand les plus selon Dieu hésitent à répondre d'eux-mêmes, et qui se range du parti le plus fort et le plus heureux, pour accabler la plus faible et la plus malheureuse !

— Impossible, madame, impossible, murmura Felton, qui sentait au fond du cœur la justesse de cet argument : prisonnière, vous ne recouvrerez pas par moi la liberté; vivante, vous ne perdrez pas par moi la vie.

— Oui, s'écria milady, mais je perdrai

ce qui m'est bien plus cher que la vie, je perdrai l'honneur, Felton ; et c'est vous, vous que je ferai responsable devant Dieu et devant les hommes de ma honte et de mon infamie.

Cette fois, Felton, tout impassible qu'il était ou qu'il faisait semblant d'être, ne put résister à l'influence secrète qui s'était déjà emparée de lui : voir cette femme si belle, blanche comme la plus candide vision, la voir tour à tour éplorée et menaçante, subir à la fois l'ascendant de la douleur et de la beauté, c'était trop peu pour un visionnaire, c'était trop pour un cerveau miné par les rêves ardents de la foi extatique, c'était trop pour un cœur corrodé à la fois par l'amour du ciel qui brûle, par la haine des hommes qui dévore.

Milady vit le trouble, elle sentit par intuition la flamme des passions opposées qui brûlaient avec le sang dans les veines du jeune fanatique; et, pareille à un général habile qui, voyant l'ennemi prêt à reculer, marche sur lui en poussant un cri de victoire, elle se leva, belle comme une prêtresse antique, inspirée comme une vierge chrétienne, et, le bras étendu, le col découvert, les cheveux épars, retenant d'une main sa robe pudiquement ramenée sur sa poitrine, le regard illuminé de ce feu qui avait déjà porté le désordre dans les sens du jeune puritain, elle marcha vers lui, s'écriant sur un air véhément, de sa voix si douce, à laquelle, dans l'occasion, elle donnait un accent terrible :

Livre à Baal sa victime,
Jette aux lions le martyr :
Dieu te fera repentir !...
Je crie à lui de l'abîme.

Felton s'arrêta sous cette étrange façon, et comme pétrifié.

— Qui êtes-vous, qui êtes-vous, s'écria-t-il en joignant les mains; êtes-vous une envoyée de Dieu, êtes-vous un ministre des enfers, êtes-vous ange ou démon, vous appelez-vous Éloa ou Astarté?

— Ne m'as-tu pas reconnue, Felton! je ne suis ni un ange, ni un démon, je suis une fille de la terre, je suis une sœur de ta croyance, voilà tout.

— Oui, oui! dit Felton, je doutais encore, mais maintenant je crois.

— Tu crois, et cependant tu es le complice de cet enfant de Bélial qu'on appelle lord de Winter! Tu crois, et cependant tu me laisses aux mains de mes ennemis, de l'ennemi de l'Angleterre, de l'ennemi de Dieu! Tu crois, et cependant tu me livres à celui qui remplit et souille le monde de ses hérésies et de ses débauches, à cet infâme Sardanapale que les aveugles nomment le duc de Buckingham et que les croyants appellent l'antechrist!

— Moi, vous livrer à Buckingham! moi! que dites-vous là!

— Ils ont des yeux, s'écria milady, et ils ne verront pas, ils ont des oreilles et ils n'entendront point.

— Oui, oui, dit Felton en passant ses mains sur son front couvert de sueur, comme pour en arracher son dernier doute ; oui, je reconnais la voix qui me parle dans mes rêves ; oui, je reconnais les traits de l'ange qui m'apparaît chaque nuit, criant à mon âme, qui ne peut dormir : « Frappe, sauve l'Angleterre, sauve-toi, car tu mourras sans avoir désarmé Dieu ! » Parlez, parlez, s'écria Felton, je puis vous comprendre à présent.

Un éclair de joie terrible, mais rapide comme la pensée, jaillit aux yeux de milady.

Si fugitive qu'eût été cette lueur homicide, Felton la vit et tressaillit comme si cette lueur eût éclairé les abîmes du cœur de cette femme.

Felton se rappela tout à coup les avertissements de lord de Winter, les séductions de milady, ses premières tentatives lors de son arrivée; il recula d'un pas et baissa la tête, mais sans cesser de la regarder: comme si, fasciné par cette étrange créature, ses yeux ne pouvaient se détacher de ses yeux.

Milady n'était point femme à se méprendre au sens de cette hésitation. Sous ses émotions apparentes, son sang-froid glacé ne l'abandonnait point. Avant que Felton ne lui eût répondu et qu'elle ne fût forcée de reprendre cette conversation si difficile à soutenir sur le même accent d'exaltation, elle laissa retomber ses mains, et comme si la faiblesse de la femme reprenait le dessus sur l'enthousiasme de l'inspirée :

— Mais, non, dit-elle, ce n'est pas à moi d'être la Judith qui délivrera Béthulie de cet Holopherne. Le glaive de l'Éternel est trop lourd pour mon bras. Laissez-moi donc fuir le déshonneur par la mort, laissez-moi me réfugier dans le martyre. Je ne vous demande ni la liberté, comme ferait une coupable, ni la vengeance, comme ferait une païenne. Laissez-moi mourir, voilà tout. Je vous supplie, je vous implore à genoux : laissez-moi mourir, et mon dernier soupir sera une bénédiction pour mon sauveur.

A cette voix douce et suppliante, à ce regard timide et abattu, Felton se rapprocha. Peu à peu l'enchanteresse avait revêtu cette parure magique qu'elle reprenait et quittait à volonté, c'est-à-dire la beauté, la douceur, les larmes et surtout l'irrésistible attrait de la volupté mystique, la plus dévorante des voluptés.

— Hélas, dit Felton, je ne puis qu'une chose, vous plaindre si vous me prouvez que vous êtes une victime ! Mais lord de Winter a de cruels griefs contre vous. Vous êtes chrétienne, vous êtes ma sœur en religion ; je me sens entraîné vers vous, moi qui n'ai jamais aimé que mon bienfaiteur, moi qui n'ai trouvé dans la vie que des traîtres et des impies. Mais vous, madame, vous si belle en réalité, vous si pure en apparence, pour que lord de Winter vous poursuive ainsi, vous avez donc commis bien des iniquités?

— Ils ont des yeux, répéta milady avec

un accent d'indicible douleur, et ils ne verront pas, ils ont des oreilles et ils n'entendront point.

— Mais, alors, s'écria le jeune officier, parlez, parlez donc !

— Vous confier ma honte ! s'écria milady avec le rouge de la pudeur au visage, car souvent le crime de l'un est la honte de l'autre ; vous confier ma honte, à vous homme, moi femme ! Oh ! continua-t-elle en ramenant pudiquement sa main sur ses beaux yeux, oh ! jamais, jamais je ne pourrai !

— A moi, à un frère! s'écria Felton.

Milady le regarda long-temps avec une expression que le jeune officier prit pour du doute, et qui cependant n'était que de l'observation et surtout la volonté de fasciner.

Felton, à son tour suppliant, joignit les mains.

— Eh bien, dit milady, je me fie à mon frère, j'oserai!

En ce moment, on entendit les pas de lord de Winter; mais, cette fois, le terrible beau-frère de milady ne se contenta point, comme il avait fait la veille, de passer devant la porte et de s'éloigner, il s'arrêta, échangea deux mots avec la sentinelle, puis la porte s'ouvrit et il parut.

Pendant ces deux mots échangés Felton s'était reculé vivement, et lorsque lord de Winter entra il était à quelques pas de la prisonnière.

Le baron entra lentement, et portant son regard scrutateur de la prisonnière au jeune officier :

— Voilà bien long-temps, John, dit-il,

que vous êtes ici ; cette femme vous a-t-elle raconté ses crimes, alors je comprends la durée de l'entretien.

Felton tressaillit, et milady sentit qu'elle était perdue si elle ne venait au secours du puritain décontenancé.

— Ah ! vous craignez que votre prisonnière ne vous échappe ! dit-elle, eh bien ! demandez à votre digne geôlier quelle grâce, à l'instant même, je sollicitais de lui.

— Vous demandiez une grâce ? dit le baron soupçonneux.

— Oui, milord, reprit le jeune homme confus.

— Et quelle grâce, voyons? demanda lord de Winter.

— Un couteau qu'elle me rendra par le guichet, une minute après l'avoir reçu, répondit Felton.

— Il y a donc quelqu'un de caché ici que cette gracieuse personne veuille égorger! reprit lord de Winter de sa voix railleuse et méprisante.

— Il y a moi, répondit milady.

— Je vous ai donné le choix entre l'Amérique et Tyburn, reprit lord de Winter, choisissez Tyburn, milady; la corde est, croyez-moi, encore plus sûre que le couteau.

Felton pâlit et fit un pas en avant, en songeant qu'au moment où il était entré milady tenait une corde.

— Vous avez raison, dit celle-ci, et j'y avais déjà pensé, puis elle ajouta d'une vois sourde : J'y penserai encore.

Felton sentit courir un frisson jusque

dans la moelle de ses os, probablement lord de Winter aperçut ce mouvement.

— Méfie-toi, John, dit-il, John, mon ami, je me suis reposé sur toi, prends garde! Je t'ai prévenu! D'ailleurs aie bon courage, mon enfant, dans trois jours nous serons délivrés de cette créature, et, où je l'envoie, elle ne nuira plus à personne.

— Vous l'entendez, s'écria milady avec éclat de façon que le baron crût qu'elle s'adressait au ciel et que Felton comprît que c'était à lui.

Felton baissa la tête et rêva.

Le baron prit l'officier par le bras en tournant la tête sur son épaule afin de ne pas perdre milady de vue jusqu'à ce qu'il fût sorti.

— Allons, allons, dit la prisonnière lorsque la porte se fut refermée, je ne suis pas encore si avancée que je le croyais. Winter a changé sa sottise ordinaire en une prudence inconnue ; ce que c'est que le désir de la vengeance, et comme ce désir forme l'homme ! Quant à Felton, il hésite. Ah ! ce n'est pas un homme comme ce d'Artagnan maudit. Un puritain n'adore que les vierges, et il les adore en joignant les mains. Un mousquetaire aime les femmes et il les aime en joignant les bras.

Cependant milady attendit avec impatience, car elle se doutait bien que la journée ne se passerait pas sans qu'elle revît Felton. Enfin, une heure après la scène que nous venons de raconter, elle entendit que l'on parlait bas à la porte, puis bientôt la porte s'ouvrit, et elle reconnut Felton.

Le jeune homme s'avança rapidement dans la chambre en laissant la porte ouverte derrière lui et en faisant signe à milady de se taire, il avait le visage bouleversé.

— Que me voulez-vous? dit-elle.

— Écoutez, répondit Felton à voix basse, je viens d'éloigner la sentinelle pour pouvoir rester ici sans qu'on sache que je suis venu, pour vous parler sans qu'on puisse entendre ce que je vous dis. Le baron vient de me raconter une histoire effroyable.

Milady prit son sourire de victime résignée, et secoua la tête.

— Ou vous êtes un démon, continua Felton, ou le baron, mon bienfaiteur, mon père, est un monstre. Je vous connais depuis quatre jours, je l'aime depuis deux ans, lui ; je puis donc hésiter entre vous deux, ne vous effrayez pas de ce que je vous dis, j'ai besoin d'être convaincu. Cette nuit, après minuit, je viendrai vous voir, et vous me convaincrez.

— Non, Felton, non, mon frère, dit-elle, le sacrifice est trop grand, et je sens ce qu'il vous coûte. Non, je suis perdue, ne vous perdez pas avec moi. Ma mort sera bien plus éloquente que ma vie, et le silence du cadavre vous convaincra bien mieux que les paroles de la prisonnière.

— Taisez-vous, madame, s'écria Felton, et ne me parlez pas ainsi; je suis venu pour que vous me promettiez sur l'honneur, pour que vous me juriez sur ce que vous avez de plus sacré que vous n'attenterez pas à votre vie.

— Je ne veux pas promettre, dit milady, car personne plus que moi n'a le respect du serment, et, si je promettais, il me faudrait tenir.

— Eh bien! dit Felton, engagez-vous seulement jusqu'au moment où vous m'aurez revu. Si, lorsque vous m'aurez revu, vous persistez encore, eh bien, alors, vous serez libre, et moi-même je vous donnerai l'arme que vous m'avez demandée.

— Eh bien! dit milady, pour vous j'attendrai.

— Jurez-le.

— Je le jure par notre Dieu. Êtes-vous content?

— Bien, dit Felton, à cette nuit!

Et il s'élança hors de l'appartement, referma la porte, et attendit en dehors, la demi-pique du soldat à la main et comme s'il eût monté la garde à sa place.

Le soldat revenu, Felton lui rendit son arme.

Alors à travers le guichet, dont elle s'était rapprochée, milady vit le jeune homme se signer avec une ferveur délirante et s'en aller par le corridor avec un transport de joie.

Quant à elle, elle revint à sa place, un sourire de sauvage mépris sur ses lèvres; et elle répéta en blasphémant ce nom terrible de Dieu par lequel elle avait juré sans jamais avoir appris à le connaître.

— Mon Dieu, dit-elle, fanatique insensé! mon Dieu c'est moi, moi et celui qui m'aidera à me venger.

CHAPITRE VIII.

CINQUIÈME JOURNÉE DE CAPTIVITÉ.

Cependant milady en était arrivée à un demi-triomphe, et le succès obtenu doublait ses forces.

Il n'était pas difficile de vaincre, ainsi qu'elle l'avait fait jusque-là, des hommes prompts à se laisser séduire et que l'éducation galante de la cour entraînait vite dans le piége ; milady était assez belle pour ne pas trouver de résistance de la part de la chair, et elle était assez adroite pour l'emporter sur tous les obstacles de l'esprit.

Mais cette fois elle avait à lutter contre une nature sauvage, concentrée, insensible à force d'austérité : la religion et la pénitence avaient fait de Felton un homme inaccessible aux séductions ordinaires. Il roulait dans cette tête exaltée des plans tellement vastes, des projets tel lement tumultueux, qu'il n'y restait plus de place pour aucun amour, de caprice ou de matière, ce sentiment qui se nourrit de loisir et grandit par la corruption. Milady avait donc fait brèche, avec sa fausse vertu, dans l'opinion d'un homme prévenu horriblement contre elle; et par sa beauté, dans le cœur et les sens d'un homme chaste et pur. Enfin elle s'était donné la mesure de ses moyens inconnus d'elle-même jusqu'alors, par cette expérience faite sur le sujet le plus rebelle que la nature et la religion pussent soumettre à son étude.

Bien des fois, néanmoins, pendant la

soirée, elle avait désespéré du sort et d'elle-même ; elle n'invoquait pas Dieu, nous le savons, mais elle avait foi dans le génie du mal, cette immense souveraineté qui règne dans tous les détails de la vie humaine et à laquelle, comme dans la fable arabe, un grain de grenade suffit pour reconstruire un monde perdu.

Milady, bien préparée à recevoir Felton, put dresser ses batteries pour le lendemain ; elle savait qu'il ne lui resterait plus que deux jours, qu'une fois l'ordre signé par Buckingham (et Buckingham le signerait d'autant plus facilement que cet ordre portait un faux nom et qu'il ne pourrait reconnaître la femme dont il était question), une fois cet ordre signé, disons-nous, le baron la faisait embarquer sur-le-champ, et elle savait aussi que les femmes condamnées à la déportation usent d'armes bien moins puissantes dans leurs séductions que les prétendues femmes vertueuses dont le soleil du monde éclaire la beauté, dont la voix de la mode vante l'espèce et qu'un reflet d'aristocratie dore de ses lueurs enchantées. Être une femme condamnée à une peine misérable et infamante n'est pas un empêchement à être belle, mais c'est un obstacle à jamais redevenir puissante. Comme tous les gens d'un génie réel, milady connaissait le milieu qui convenait à sa nature, à ses moyens. La pauvreté lui répugnait, l'abjection la diminuait des deux tiers de sa grandeur. Milady n'était reine que parmi les reines, il fallait à sa domination le plaisir de l'orgueil satisfait. Commander aux êtres inférieurs était plutôt une humiliation qu'un plaisir pour elle.

Certes, elle fût revenue de son exil, elle n'en doutait pas un seul instant, mais combien de temps cet exil pouvait-il durer? Pour une nature agissante et ambitieuse comme celle de milady, les jours qu'on n'occupe point à monter sont des jours néfastes; qu'on trouve donc le mot dont on doive nommer les jours qu'on emploie à descendre! Perdre un an, deux ans, trois ans, c'est-à-dire une éternité; revenir après la mort ou la disgrâce du cardinal peut-être, revenir quand d'Artagnan, heureux et triomphant, aurait, lui et ses amis, reçu de la reine la récompense qui leur était bien acquise pour les services qu'ils lui avaient rendus: c'étaient là de ces idées dévorantes qu'une femme comme milady ne pouvait supporter. Au reste l'orage qui grondait en elle doublait sa force, et elle eût fait éclater les murs de sa prison si son corps eût pu prendre un seul instant les proportions de son esprit.

Puis, ce qui l'aiguillonnait encore au milieu de tout cela, c'était le souvenir du cardinal : que devait penser, que devait dire de son silence le cardinal défiant, inquiet, soupçonneux ; le cardinal, non-seulement son seul appui, son seul soutien, son seul protecteur dans le présent, mais encore le principal instrument de sa fortune et de sa vengeance à venir ? Elle le connaissait, elle savait qu'à son retour, après un voyage inutile, elle aurait beau arguer de la prison, elle aurait beau exalter les souffrances subies, le cardinal répondrait avec ce calme railleur du sceptique puissant à la fois par la force et par le génie : « Il ne fallait pas vous laisser prendre ! »

Alors milady réunissait toute son énergie, murmurant au fond de sa pensée le nom de Felton, la seule lueur de jour qui pénétrât jusqu'à elle au fond de l'enfer où elle était tombée; et, comme un serpent qui roule et déroule ses anneaux pour se rendre compte à lui-même de sa force, elle enveloppait d'avance Felton dans les mille replis de son inventive imagination.

Cependant le temps s'écoulait, les heures les unes après les autres semblaient réveiller la cloche en passant, et chaque coup du battant d'airain retentissait sur le cœur de la prisonnière. A neuf heures, lord de

Winter fit la visite accoutumée, regarda la fenêtre et les barreaux, sonda le parquet et les murs, visita la cheminée et les portes sans que pendant cette longue et minutieuse visite ni lui ni milady prononçassent une seule parole.

Sans doute que tous deux comprenaient que la situation était devenue trop grave pour perdre le temps en mots inutiles et en colères sans effet.

— Allons, allons, dit le baron en la quittant, vous ne vous sauverez pas encore cette nuit!

A dix heures, Felton vint placer une sentinelle; milady reconnut son pas, elle le devinait maintenant comme une maîtresse devine celui de l'amant de son cœur; et cependant milady détestait et méprisait à la fois ce faible fanatique.

Ce n'était pas l'heure convenue, Felton n'entra point.

Deux heures après, et comme minuit sonnait, la sentinelle fut relevée.

Cette fois c'était l'heure : aussi, à partir

de ce moment, milady attendit-elle avec impatience.

La nouvelle sentinelle commença à se promener dans le corridor.

Au bout de dix minutes, Felton vint.

Milady prêta l'oreille.

— Écoute, dit le jeune homme à la sentinelle, sous aucun prétexte ne t'éloigne de cette porte, car tu sais que la nuit dernière un soldat a été puni par milord pour avoir quitté son poste un instant, et cependant c'est moi qui, pendant sa courte absence, avais veillé à sa place.

— Oui, je le sais, dit le soldat.

— Je te recommande donc la plus exacte surveillance. Moi, ajouta-t-il, je vais entrer pour visiter une seconde fois la chambre de cette femme, qui a, j'en ai peur, de sinistres projets sur elle-même, et que j'ai reçu l'ordre de surveiller.

— Bon, murmura milady, voilà l'austère puritain qui ment!

17.

Quant au soldat, il se contenta de sourire.

— Peste, mon lieutenant! dit-il, vous n'êtes pas malheureux d'être chargé de commissions pareilles, surtout si milord vous a autorisé à regarder jusque dans son lit.

Felton rougit; dans toute autre circonstance il eût reprimandé le soldat qui se permettait une pareille plaisanterie, mais sa conscience murmurait trop haut pour que sa bouche osât parler.

— Si j'appelle, dit-il, viens; de même que si l'on vient, appelle-moi.

— Oui, mon lieutenant, dit le soldat.

Felton entra chez milady. Milady se leva.

— Vous voilà! dit-elle.

— Je vous avais promis de venir, dit Felton, et je suis venu.

— Vous m'avez promis autre chose encore.

— Quoi donc, mon Dieu ? dit le jeune homme, qui, malgré son empire sur lui-même, sentait ses genoux trembler et la sueur poindre sur son front.

— Vous avez promis de m'apporter un couteau, et de me laisser après notre entretien.

— Ne parlez pas de cela, madame, dit Felton, il n'y a pas de situation, si terrible qu'elle soit, qui autorise une créature de Dieu à se donner la mort. J'ai réfléchi que jamais je ne devais me rendre coupable d'un pareil péché.

— Ah, vous avez réfléchi ! dit la prisonnière en s'asseyant sur son fauteuil avec un sourire de dédain; et moi aussi, j'ai réfléchi !

— A quoi ?

— Que je n'avais rien à dire à un homme qui ne tenait pas sa parole.

— O mon Dieu ! murmura Felton.

— Vous pouvez vous retirer, dit milady, je ne parlerai pas.

— Voilà le couteau ! dit Felton tirant

de sa poche l'arme que, selon sa promesse, il avait apportée, mais qu'il hésitait à remettre à sa prisonnière.

— Voyons-le, dit milady.

— Pourquoi faire ?

— Sur l'honneur, je vous le rends à l'instant même ; vous le poserez sur cette table, et vous resterez entre lui et moi.

Felton tendit l'arme à milady, qui en examina attentivement la trempe, et qui en essaya la pointe sur le bout de son doigt.

— Bien, dit-elle en rendant le couteau au jeune officier, celui-ci est en bel et bon acier; vous êtes un fidèle ami, Felton.

Felton reprit l'arme et la posa sur la table, comme il venait d'être convenu avec sa prisonnière.

Milady le suivit des yeux et fit un geste de satisfaction.

— Maintenant, dit-elle, écoutez-moi.

La recommandation était inutile : le jeune officier se tenait debout devant elle, attendant ses paroles pour les dévorer.

— Felton, dit milady avec une solennité pleine de mélancolie, Felton, si votre sœur, la fille de votre père vous disait : « Jeune encore, assez belle par malheur, on m'a fait tomber dans un piége, j'ai résisté ; on a multiplié autour de moi les embûches, les violences, j'ai résisté ; on a blasphémé la religion que je sers, le Dieu que j'adore, parce que j'appelais à mon secours ce Dieu et cette religion, j'ai résisté ; alors on m'a prodigué les outrages et, comme on ne pouvait perdre mon âme, on a voulu à tout jamais souiller mon corps; enfin... »

Milady s'arrêta, et un sourire amer passa sur ses lèvres.

— Enfin, dit Felton, enfin, qu'a-t-on fait?

— Enfin, un soir, on résolut de paralyser cette résistance qu'on ne pouvait vaincre : un soir, on mêla à mon eau un narcotique puissant; à peine eus-je achevé mon repas, que je me sentis tomber peu à peu dans une torpeur inconnue; quoique je fusse sans défiance, une crainte vague me saisit et j'essayai de lutter contre le sommeil; je me levai, je voulus courir à la fenêtre, appeler au secours, mais mes jambes refusèrent de me porter; il me semblait que le plafond s'abaissait sur ma tête et m'écrasait de son poids; je tendis les bras, j'essayai de parler, je ne pus que pousser des sons inarticulés; un engourdissement irrésistible s'emparait de moi, je me retins à un fauteuil, sentant que j'allais tomber, mais bientôt cet appui fut insuffisant pour mes bras débiles, je tombai sur un genou, puis sur les deux; je voulus prier, ma langue était glacée; Dieu ne me vit ni ne m'entendit sans doute; et je glissai sur le parquet, en proie à un sommeil qui ressemblait à la mort.

» De tout ce qui se passa dans ce sommeil et du temps qui s'écoula pendant sa durée, je n'eus aucun souvenir; la seule chose que je me rappelle, c'est que je me réveillai couchée dans une chambre ronde, dont l'ameublement était somptueux, et dans laquelle le jour ne pénétrait que par une ouverture au plafond. Du reste, aucune porte ne semblait y donner entrée; on eût dit une magnifique prison.

» Je fus long-temps à pouvoir me rendre compte du lieu où je me trouvais et de tous les détails que je rapporte, mon esprit semblait lutter inutilement pour secouer les pesantes ténèbres de ce sommeil auquel je ne pouvais m'arracher : j'avais des perceptions vagues d'un espace parcouru, du roulement d'une voiture, d'un rêve horrible dans lequel mes forces se seraient épuisées ; mais tout cela était si sombre et si indistinct dans ma pensée, que ces événements semblaient appartenir à une autre vie que la mienne et cependant mêlée à la mienne par une fantastisque dualité.

» Quelque temps, l'état dans lequel je me trouvais me sembla si étrange que je crus que je faisais un rêve. Je me levai chancelante, mes habits étaient près de moi, sur une chaise : je ne me rappelai ni m'être dévêtue, ni m'être couchée. Alors peu à peu la réalité se présenta à moi pleine de pudiques terreurs : je n'étais plus dans la maison que j'habitais ; autant que j'en pouvais juger par la lumière du soleil, le jour était déjà aux deux tiers écoulé ; c'était la veille au soir que je m'étais endormie ; mon sommeil avait donc déjà duré près de vingt-quatre heures. Que s'était-il passé pendant ce long sommeil ?

» Je m'habillai aussi rapidement qu'il me fut possible. Tous mes mouvements lents et engourdis attestaient que l'influence du narcotique n'était point encore entièrement dissipée. Au reste, cette chambre était meublée pour recevoir une femme ; et la coquette la plus achevée n'eût pas eu un souhait à former, qu'en promenant son regard autour de l'appartement elle n'eût vu son souhait accompli.

» Certes, je n'étais pas la première captive qui s'était vue enfermée dans cette splendide prison ; mais, vous le comprenez, Felton, plus la prison était belle, plus je m'épouvantais.

» Oui, c'était une prison ; car j'essayai

vainement d'en sortir. Je sondai tous les murs afin de découvrir une porte, partout les murs rendirent un son plein et mat.

» Je fis peut-être vingt fois le tour de cette chambre, cherchant une issue quelconque; il n'y en avait pas : je tombai écrasée de fatigue et de terreur sur un fauteuil.

» Pendant ce temps, la nuit venait rapidement, et avec la nuit mes terreurs augmentaient : je ne savais si je devais rester où j'étais assise; il me semblait que j'étais entourée de dangers inconnus, dans lesquels j'allais tomber à chaque pas. Quoique je n'eusse rien mangé depuis la veille, mes craintes m'empêchaient de ressentir la faim.

» Aucun bruit du dehors, qui me permît de mesurer le temps, ne venait jusqu'à moi; je présumai seulement qu'il pouvait être sept ou huit heures du soir, car nous étions au mois d'octobre et il faisait nuit entière.

» Tout à coup, le cri d'une porte qui tourne sur ses gonds me fit tressaillir; un globe de feu apparut au-dessus de l'ouverture vitrée du plafond, jetant une vive lumière dans ma chambre, et je m'aperçus avec terreur qu'un homme était debout à quelques pas de moi.

» Une table à deux couverts, supportant un souper tout préparé, s'était dressée comme par magie au milieu de l'appartement.

» Cet homme était celui qui me poursuivait depuis un an, qui avait juré mon déshonneur et qui, aux premiers mots qui sortirent de sa bouche, me fit comprendre qu'il l'avait accompli la nuit précédente. »

— L'infâme! murmura Felton.

— Oh ! oui, l'infâme ! s'écria milady voyant l'intérêt que le jeune officier, dont l'âme semblait suspendue à ses lèvres, prenait à cet étrange récit, oh ! oui, l'infâme! il avait cru qu'il lui suffisait d'avoir triomphé de moi dans mon sommeil, pour que tout fût dit; il venait, espérant que j'accepterais ma honte, puisque ma honte était consommée, il venait m'offrir sa fortune en échange de mon amour.

« Tout ce que le cœur d'une femme peut contenir de superbes mépris et de paroles dédaigneuses, je le versai sur cet homme; sans doute il était habitué à de pareils reproches, car il m'écouta, calme, souriant, et les bras croisés sur sa poitrine, puis, lorsqu'il crut que j'avais tout dit, il s'avança vers moi; je bondis vers la table, je saisis un couteau, je l'appuyai sur ma poitrine.

» — Faites un pas de plus, lui dis-je, et, outre mon déshonneur, vous aurez encore ma mort à vous reprocher.

» Sans doute il y avait dans mon regard, dans ma voix, dans toute ma personne, cette vérité de geste, de pose et d'accent qui porte la conviction dans les âmes les plus perverses, car il s'arrêta.

» — Votre mort! me dit-il, oh! non; vous êtes trop charmante maîtresse pour que je consente à vous perdre ainsi, après avoir eu le bonheur de vous posséder une seule fois seulement. Adieu, ma toute belle! j'attendrai, pour revenir vous faire ma visite, que vous soyez dans de meilleures dispositions.

» A ces mots, il donna un coup de sifflet; le globe de flamme qui éclairait ma chambre remonta et disparut : je me retrouvai dans l'obscurité. Le même bruit d'une porte qui s'ouvre et se referme se reproduisit un instant après, le globe flamboyant descendit de nouveau, et je me retrouvai seule.

» Ce moment fut affreux, si j'avais encore quelques doutes sur mon malheur, ces doutes s'étaient évanouis dans une désespérante réalité : j'étais au pouvoir d'un homme que non-seulement je détestais, mais que je méprisais ; d'un homme capable de tout, et qui m'avait déjà donné une preuve fatale de ce qu'il pouvait faire. »

— Mais quel était donc cet homme?... demanda Felton.

— Je passai la nuit sur une chaise, tressaillant au moindre bruit; car à minuit à peu près la lampe s'était éteinte, et je m'étais retrouvée dans l'obscurité. Mais la nuit se passa sans nouvelle tentative de mon persécuteur, le jour vint, la table avait disparu, seulement j'avais encore le couteau à la main.

» Ce couteau c'était tout mon espoir.

» J'étais écrasée de fatigue, l'insomnie brûlait mes yeux, je n'avais pas osé dormir un seul instant : le jour me rassura ; j'allai me jeter sur mon lit sans quitter le couteau libérateur, que je cachai sous mon oreiller.

» Quand je me réveillai, une nouvelle table était servie.

» Cette fois, malgré mes terreurs, en dépit de mes angoisses, une faim dévorante se faisait sentir ; il y avait quarante-huit heures que je n'avais pris aucune nourriture : je mangeai du pain et quelques fruits, puis, me rappelant le narcotique mêlé à l'eau que j'avais bue, je ne touchai point à celle qui était sur la table et j'allai remplir mon verre à une fontaine de marbre scellée dans le mur au-dessus de ma toilette.

» Cependant, malgré cette précaution, je ne demeurai pas moins quelque temps encore dans une affreuse angoisse ; mais mes craintes, cette fois, n'étaient pas fondées, je passai la journée sans rien éprouver qui resemblât à ce que je redoutais.

» J'avais eu la précaution de vider à demi la carafe, pour qu'on ne s'aperçût point de ma défiance.

» Le soir vint et avec lui l'obscurité : cependant, si profonde qu'elle fût, mes yeux commençaient à s'y habituer ; je vis au milieu des ténèbres la table s'enfoncer dans le plancher ; un quart d'heure après elle reparut portant mon souper ; un instant après, grâce à la même lampe, ma chambre s'éclaira de nouveau.

» J'étais résolue à ne manger que des objets auxquels il était impossible de mêler aucun somnifère ; deux œufs et quelques fruits composèrent mon repas, puis j'allai puiser un verre d'eau à ma fontaine protectrice et je le bus.

» Aux premières gorgées il me sembla qu'elle n'avait plus le même goût que le matin; un soupçon rapide me prit, je m'arrêtai: mais j'en avais déjà avalé un demi-verre.

» Je jetai le reste avec horreur, et j'attendis, la sueur de l'épouvante au front.

» Sans doute quelque invisible témoin m'avait vu prendre de l'eau à cette fontaine et avait profité de ma confiance même pour mieux assurer ma perte si froidement résolue, si cruellement poursuivie.

» Une demi-heure ne s'était pas écoulée que les mêmes symptômes se reproduisirent; seulement, comme cette fois je n'avais bu qu'un demi-verre d'eau, je luttai plus long-temps, et, au lieu de m'endormir tout à fait, je tombai dans un état de somnolence qui me laissait le sentiment de ce qui se passait autour de moi tout en m'ôtant la force ou de me défendre ou de fuir.

» Je me traînai vers mon lit pour y chercher la seule défense qui me restât, mon couteau sauveur; mais je ne pus arriver jusqu'au chevet, je tombai à genoux les mains cramponnées à l'une des colonnes du pied : alors je compris que j'étais perdue. »

Felton pâlit affreusement et un frisson convulsif courut par tout son corps.

« Et ce qu'il y avait de plus affreux, continua milady, la voix altérée comme si elle eût encore éprouvé la même angoisse qu'en ce moment terrible, c'est que cette fois j'avais la conscience du danger qui me menaçait, c'est que mon âme, si je puis le dire, veillait dans mon corps endormi ; c'est que je voyais, c'est que j'entendais : il est vrai que tout cela était comme dans un rêve, mais ce n'en était que plus effrayant.

» Je vis la lampe qui remontait et qui peu à peu me laissait dans l'obscurité; puis j'entendis le cri si bien connu de cette porte, quoique cette porte ne se fût ouverte que deux fois.

» Je sentis instinctivement qu'on s'approchait de moi : on dit que le malheureux perdu dans les déserts de l'Amérique sent ainsi l'approche du serpent.

» Je voulus faire un effort, je tentai de crier; par une incroyable énergie de volonté je me relevai même, mais pour retomber aussitôt... et retomber dans les bras de mon persécuteur. »

FIN DU SIXIÈME VOLUME.

TABLE DES CHAPITRES.

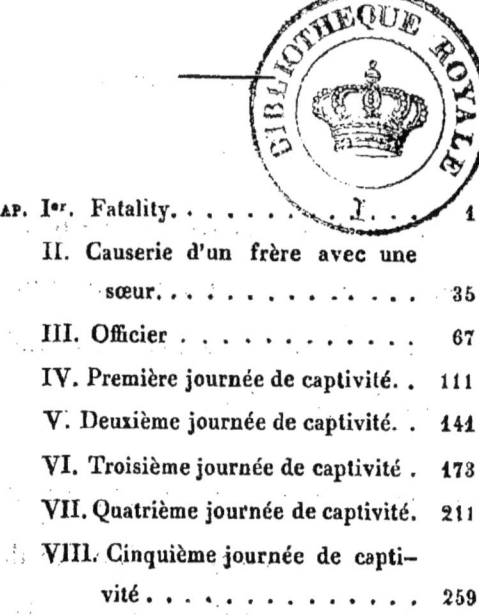